無防備なたくらみ

椎崎夕

幻冬舎ルチル文庫

CONTENTS ✦目次✦

無防備なたくらみ

✦イラスト・高星麻子

✦カバーデザイン＝齋藤陽子(CoCo.Design)
✦ブックデザイン＝まるか工房

無防備なたくらみ

どうにもこうにも間が悪い。

そういう巡り合わせらしいとの自覚はあったけれど、ここまでとは思ってもみなかった。

1

その日は、朝から微妙な曇り空だった。

待ち合わせ場所の駅前広場入り口に立って、牧田穂《まきたみのる》は薄い雲で覆われた空に目を向ける。

「……花曇り、とはまだ言わないかあ」

三月下旬に入ったとはいえ、桜が開花したとはニュースでも聞かない。そうなると、違うような気もするけれども。

「牧田くん！　悪い、待たせた！」

うーん、と首を傾《かし》げた時、耳慣れた声に名前を呼ばれた。すぐさま振り返った先に約束の相手――友部一基《ともべかずき》の姿を認めて、頬《ほお》が綻《ほころ》ぶのが自分でもわかる。

「こんにちは。待ってないですよ、だってまだ時間前ですし」

「え、そうか？　けどもう四時半回ってるだろ」

怪訝《けげん》な顔で腕時計に目をやる友部は穂の友人だ。幼稚園児と小学校最高学年ほどの年齢差を思えばそう称していいのか躊躇《ためら》う部分はあるものの、友部本人が公言してくれているのでありがたく受け入れている。

とはいえ、友部の穂への扱いは友人よりも弟分寄りだ。穂と同世代の弟がいると聞いているから、おそらく自然とそうなるのだろう。

「回ってるよな。けど、そっちの時計――」

顔を上げた友部が、穂の背後に目を向ける。広場の中心にある時計塔を眺めているのだと知っていても無意識に背すじを伸ばしてしまうのは、彼の目がとても強いからだ。睨《にら》みも凄《すご》みもしないのに、何もかもを見透かされているような気分になる。

「こっちが十分ちょい早くなってんのか。道理で計算が合わないわけだ。――まあいいや、ひとまず花屋行くか？　商店街の中でよかったよな」

「はい」と頷《うなず》いて、穂は友部を先導する形で駅前広場から続く商店街へと歩き出す。

平日午後五時前の繁華街は、買い物帰りらしい親子連れや学生の群れで賑《にぎ》わっている。人波をやり過ごしながら目印を探していくと、ものの数分で目的の花屋に辿《たど》りついた。

大学の頃に友人がアルバイトをしていたフラワーショップはかなり規模が大きく、切り花を収めるガラスケースとは別にアレンジメント専用のケースがしつらえられている。別サイドには多数の鉢植えが飾られており、その向こうに見える階段を上がった二階では各種園芸道具を扱っているらしい。

ケース内のアレンジメントは色も形もそれぞれ意匠が違っているが、どれも見た目に鮮やかだ。春らしいピンク色の花を丸く仕上げたものや青系の花をすっきり上へと高く伸ばしたもの、さらには薔薇《ばら》をふんだんに使った華やかなもの。大きいものや高価な花を使ったものは当然のことに値段も立派で、薔薇のアレンジメントには五桁《ごけた》の値札がついている。その横に「予算と希望に合わせてお作りします」と書いたカードが置かれていた。

「どうします？　やっぱりアレンジメントですか」

「その方が手間がなくてよくねえかな。鉢植えだとあとあとまで手がかかるだろ？」

「好きな人には苦にならないみたいですよ。オレの友達とか、狭いアパートをジャングルにしてたヤツもいましたもん」

「まじか。ってか、土に生えてる木ならおれも多少はわかるんだけどなあ。鉢植えってのはどうも繊細そうに見えて無理なんだよな」

言葉を止めて、友部はガラスケースの右手でこれでもかとばかりにディスプレイされた大小さまざまな鉢植えに目を向ける。

「品種によっては管理が難しくないのもあると思います。それに、あのバーって前から観葉植物が多かったですよね。パーティション代わりにしてるのと、それ以外でも」

「それが自前かどうかだな。あの数だとリースって可能性もあるからなあ……リニューアルで店が広くなりゃ緑も増やすだろうし、その機会にリースに切り替えるってこともあるだろ」

穂と友部に共通した行きつけのバー「Magnolia《マグノリア》」が、本日リニューアルオープンすることになっているのだ。せっかくだから一緒に行こうと、友部の方から声をかけてくれた。祝いに花を買って行くつもりだがいい店を知らないかと訊《き》かれて、穂の方から案内しますと申し出た。

「リースの中に自前が混じってても、好きだったら問題ないとは思いますけど……友部さん、マスターからそういう話とか聞いたこととってねえし」

「ないんだよな、これが。そもそも店以外の場所でシンと会ったこともねえし」

「えっ……でも友部さん、マスターのこと名前で呼んでますよ、ね？」

「Magnolia」のマスターを、「シン」と名前呼びする者はごく少数だ。友部はその少数のうちのひとりで、しかも初めて来た時からそうだったと聞いている。

「うん？　それがどうかしたか」

「……だから、てっきり以前からのマスターの知り合いだと思ってたんです、けど」

「初めて顔出した日にハルカから友達だって紹介されて、そのまんま呼んでるだけだ。もしかして、何かまずいのか？」

「え、いえ！　ええと、そうだ、ハルカさんならマスターがグリーンを扱えるかどうかをご存じなんじゃないですか？　マスターともつきあいが長いみたいですし」

噂《うわさ》の「ハルカ」は友部の恋人であり、同僚でもある人物のことだ。本日は仕事だとかでこの場にいないが、終わり次第駆けつける、もとい友部を迎えに来ると聞いている。

「訊いたけど返答が意味不明。面倒くさがりのくせに甲斐甲斐《かいがい》しい、とか言ってやがったな」

「あー……ハルカさんらしいですね。わかるような、わからないような」

「結局役に立ってねえよな」

思わず笑った穂にぼやくように返すと、友部は鉢植えのコーナーへと足を進める。

ちなみに穂の立場はと言えば、件《くだん》のマスターであるシンに名前を覚えてもらっているレベルの常連客だ。友部つながりでバーではハルカと一緒になる機会が多いため、自動的にシンと話す頻度も高くなる。

「はっきりしないいんだったら、アレンジメントが無難だとは思いますけど。でも、枯れるのと割り切って、鉢植えにする手もなくはないですよね」

「え？　けど枯れたら可哀想《かわいそう》だろ」

「贈り物ですから、買った時の気持ちが伝われば十分かなって。マスターだったら、自分の手に負えないと気づいた時点で誰かにあげるなりしそうな気がしますし」

「あー、なるほど。むざむざ枯らすヤツじゃねえか。……うわ、この葉っぱすげえな。見た目も名前も強そうだが、こんなんどうだ?」

そう言う友部はわざわざしゃがみ込んで、鉢の外まで広がった人の顔より大きな葉を興味津々に眺めている。

「モンステラはあんまり薦めないです……それ、どんどん横に伸びていくみたいですよ。友達が、部屋の床を侵略するモンスターだって言ってました」

「ああ、そりゃ向かねえな。フロアにそんなもんあったら危なくてヤバい」

その調子であれこれと話をして、最終的には胡蝶蘭《こちょうらん》の鉢植えに決まった。

ありきたりと言えばそれまでだけれど、きりりと涼やかな花の佇《たたず》まいは他にはないものだ。カウンターの上に置けばさぞかし映えるに違いない。

友部が支払いをする途中でラッピングが終わった鉢を、あえて穂が抱え上げる。並んで店を出たあとで手首だけを伸ばして用意していた紙幣を差し出すと、友部は怪訝な顔になった。

「牧田くんは出さなくていいだろ。常連はリニューアル初日に顔出すだけで十分だ」

「それが、実はオレ、個人的に助けてもらったことがあるんです」

「助けてもらったって、シンにか」

「はい。ずっとお礼がしたかったんですけど、マスターには些細《ささい》なことだったみたいだから、下手に何かするとかえって気を遣わせてしまうことになりそうで二の足を踏んでたんです。なので、今回便乗させてもらえませんか？　もちろん、マスターには内緒で」

鉢を抱いた穂を思案顔で見下ろして、友部が苦笑する。穂の手から紙幣を抜き取ると、数えて半分返してきた。

「内緒はねえだろ。出すんだったらちゃんと主張しろ。——あと、これだけ貰《もら》っとくからあとは取っとけ。おれもハルカも学生と等分で割り勘する気はねえよ」

「……大学の卒業式は、もう終わってますよ？」

「就職は決まったが、まだ正式な社員じゃない。つまりぎりぎり社会人未満だ。これから引っ越しもあるんだから物入りだろうが」

「や、でもそれだとオレ、甘えてばっかりになっちゃいますし」

笑って頭を撫《な》でてくれた友部からは、すでに大学卒業と就職祝いを兼ねて夕飯をご馳走《ちそう》になった上、ネーム入りのボールペンまで贈ってもらっているのだ。

「甘えられんのも今のうちだ。気にしなくても、いつまでも続きゃしねえよ。ほら」

当然のように、紙幣を上着のポケットに押し込まれてしまった。その代わりにこれだけはと主張して、穂は鉢植えの運搬役を引き受ける。

「Magnolia」はここから歩いて十五分ほどの、繁華街をやや外れたビルの一階にあった。少し広めのフロアを、酒の受け渡しと支払いをオーダー毎《ごと》にカウンターで行うというやり方で問題なく回していた。

今回のリニューアルでは店そのものが同じビルの地下に移り、広さも倍近くになるという。落ち着いて酒が楽しめるというコンセプトで、店名やシステムは変えず新たに従業員を入れる——とは、友部からの又聞きで知った。

「えっと、……まだ開店には早いですよね？」

辿りついた馴染みのビルの一階の、かつてバーがあった空間は次のテナントが決まったらしく、内装工事真っ只中《ただなか》といった様相を呈している。その向かって左側、店名を刻んだ小さなプレートが貼りつけられたドアの向こうに地下に下りる階段があるらしいけれど、見たところどこにも看板らしきものはない。

「時間は連絡してあるから大丈夫だ。開店してから祝い渡すと目につくし、話す暇もないだろ。ついでに、準備の手が足りなきゃ手伝えるしな」

さっくり言われた内容の、特に最後が「らしい」発想だとつい笑ってしまった。

先に立ってドアを開いた友部が、軽い足取りで階段を下りていく。躊躇う素振りもなく、そこにあった真新しい木目の扉を押した。開いたその奥を眺めて、穂は目を瞠《みは》った。

「う、わあ……！」

最初に目に入ったのは、そこかしこに置かれたグリーンだ。多くは間仕切り代わりのようにソファ席の合間に置かれているが、座った視点で周囲の視線を遮る程度に高さが抑えられているせいか閉塞感《へいそくかん》はない。むしろ、高低差があり種類も違うグリーンの形が空間の広さを引き立てていた。

左手に長く作られたカウンターの前にいた人影が、物音に気づいてかこちらに向き直る。営業中にはありえないだろう明るさの中、このバーの主《あるじ》であるシンが露骨なまでに顔を顰《しか》めているのがやや遠目にもわかった。

「お疲れ。……どうした？　何かあったのか？」

友部の声に、シンが「いえ」と短く首を振る。今の今まで耳に当てていた電話の子機を下ろしたかと思うと、睨むように見据えて頭を振った。ふうと息を吐くのを聞いた直後にはもう、見慣れた穏やかな表情に切り替わっている。

友部の印象を「鋭い」と表現したとすれば、シンの場合は「愛嬌《あいきょう》がある」だ。やや長めにカットして遊ばせた明るい茶髪が似合う容貌《ようぼう》は文句なしに端整だけれど、それ以上に下がり気味の目尻が人懐っこそうな印象を強めている。仕事柄もあってだろうけれど常に笑みを浮かべている彼は、話し方も穏やかで柔らかい。こんなふうに険しい表情を見たのは初めてだった。

まず友部を見、ついで鉢を抱えた穂を眺めたシンは、視線を友部に戻して苦笑した。

「なかったとは言いづらいですね。現在進行形で思案中です」

「へえ？　珍しいな、どうしたよ」

「従業員が出勤して来ないんですよ。準備があるので、今日は三時に出てくるよう伝えておいたんですが」

端的な返答に、友部の顔がぽかんとしたものに変わった。

「二時間以上の遅刻かよ。もしかして事故か何かか？」

「どちらかといえば無断欠勤臭いですね。昨日までの態度が態度でしたし、今日は連絡がいっさいない上、こちらからかけても出ませんので」

「まじか。っておい、それでどうすんだ。あと一時間で営業時間だろうが」

見たところフロアのセッティングは終わっているようだが、真新しいソファにはビニールの覆いがかかったままだ。中身のない段ボール箱がそこかしこに積まれ、中身入りらしいものもカウンター横に置かれている。

リニューアルに当たって、バーが休業したのは昨日一昨日《おととい》の二日だけだったはずだ。それを思えば、準備がぎりぎりになっていても無理はなかった。

「そいつの住所どこだ。おれが行って引っ張り出して来てやるよ」

「無用です。無理に引っ張ってきたところで、まともな役に立つとも思えませんし」

苛立《いらだ》ちも露《あら》わな友部とは対照的に、シンはあくまで冷静だ。それでも、かなり怒っているようだとは何となく見て取れた。

「……あの！　だったら今やれることを手伝います。何すればいいか、指示をもらえますか？」

気がついた時には、そう口にしていた。

話し込んでいたふたりの視線が、一斉にこちらを向く。それへ、穂はあえて笑顔を作った。

「空の段ボールを畳むとかそのへんにあるゴミをまとめて捨てるとか、やっちゃっても構いませんか？　それと、トイレや洗面所のチェック、まだでしたらオレが行きます」

「そんなことはしなくていい。ミノルは客だろう」

「開店前なので棚上げしてください。うちの家訓なんです。立ってる者は客でも使え、って」

苦笑混じりに言いかけたシンは、意外なことを言われたふうに目を瞠った。初めて見た表情に妙な満足を覚えながら、穂は抱えたままの鉢を少し持ち上げる。

「これ、友部さんとハルカさんからのお祝いです。ひとまず端っこに持っていきますから、どこに置くか決めておいてください。——じゃあオレ、先にトイレと洗面所を見てきます。買い物とかあったらそれも行きますから、遠慮なく言いつけてくださいね」

こういう時は、有無を言わさずが原則だ。言い逃げを承知で抱えていた鉢を邪魔にならない場所に下ろすと、カウンターに背を向ける。目についた表示に従って、入り口近くに作られた洗面所へと向かった。その背後から、「じゃあおれはそのへんのゴミまとめるから、次に何すればいいか指示よろしく」という友部の声が聞こえてきた。

男用の洗面所に駆け込み、下の開き戸を開けて中を確認する。続けてトイレの中をざっと確かめると、トイレットペーパーは手前の一か所にしかセットされていなかった。取って返した洗面所の下から予備を引っ張り出し、片っ端からセットしていく。予備の横に置いてあったペーパータオルも、洗面所の所定のケースに入れておいた。真新しいトイレは特に清掃も必要なさそうで、ほっとしながら今度は女性用へと向かう。

足を踏み入れるには躊躇いがあるが、これも仕事のうちだ。中の状況は男用とほぼ同じで、それならと手順を変えずに仕事を進めていく。

包装ビニールを破ってペーパータオルを引き出そうとした時に、急にスマートフォンが鳴った。メールではなく、通話着信だ。

取り出したディスプレイに表示された文字に、何とはなしに背すじが伸びる。通話ボタンを押して耳に当て、「はい、牧田です」と名乗った。

――そのあと、何を口にしたかはよく覚えていない。ただ、通話の向こうから聞こえたとても申し訳なさそうな声の響きが、やけに大きく耳に残った。

「牧田くん？　どうした」

耳から離した携帯電話を眺めたまま、どうやらしばらく固まっていたらしい。急に耳に入った声に驚いて、自分でもどうかと思うほど背中が跳ねた。

「……何かあったのか？　顔色真っ白だぞ」

友部だった。場所が場所だからか遠慮がちに覗《のぞ》き込んだ雰囲気だったのが、一気に心配そうな顔になっていく。その変化を眺めていたら、考える前に言葉がぽろりと落ちた。

「就職……内定、取り消しだそうです。オレだけじゃなくて、今年度の新卒は全員」

「――は？」

「社員寮にも入れないから、そのつもりでって……今のアパート、一週間以内に退去することになってるんです、けど」

ぴきりと固まった友部の様子を目にして、これは現実だといきなり認識した。その時になって、ようやく自分が言ったことが頭の中に染み込んでくる。

四月一日が初出勤で、そこから三日間は新人研修。その後、三か月を仮所属先で過ごしてから正式な配属が決まる。そういうスケジュールになっていると、内定式の時に教えてくれた人事担当者の顔を思い出した。

「まじ、か？　何かの間違いとかじゃあ」

「こっちの名前は合ってました。電話をくれた人とは内定式の時に会ってて、声も名前も間違いないです。正式な書類は今日速達で送ったので、明日には届くそうです」

「……いや、一応折り返してみな。たちの悪い悪戯《いたずら》、とか」

「内定を貰った時に、先方のナンバーを登録したんです。代表じゃなくて、人事の」

スマートフォンを操作し、着信履歴を出す。最新の履歴はほんの数分前、表示されているのは来月早々に就職するはずの会社と担当者名だ。

ひょいと画面を覗き込んだ友部は、何とも言えない弱り切った顔で黙り込んでしまった。穂の側も言葉がなく、女性用トイレの洗面所にずんとした沈黙がわだかまってしまう。

我に返ったのは、穂の方が先だ。ペーパータオルを握ったままで言う。

「すみません。今の話は聞かなかったことにしてもらっていいですか？」

「あー……そりゃまあ、おれがどうこう言っていいことじゃねえし」

「そっちじゃなくて、マスターにとって大事なリニューアル初日にオレの個人的事情でケチをつけたくないんです。その、友部さんにも、愚痴っちゃってすみませんでした」

スマートフォンを上着のポケットに突っ込んでぺこんと頭を下げた穂に、友部はひどく複雑そうな顔をした。それへ、笑顔を作って言う。

「用があってこっち来られたんですよね？　手が足りないとかですか？」

「あ？　まあ、そう。ちょっと牧田くんの手を借りようかと」

「すぐ行きます。ええと、これをセットしたら終わりなんで」

ペーパータオルを手に先に戻っていてほしいと匂わせた穂を、友部は気がかりそうに見下ろした。小さく息を吐いたかと思うと、わしわしと頭を撫でてくる。

「了解。あんまり考えすぎないようにな」


開店時刻間際になっても、シンが雇った従業員は姿を見せなかった。当然のように、連絡もつかない。

「奥の控え室にあったエプロン、借りるぞ。酒は作れないから雑用専用になるが、ふたりもいれば猫の手よりはマシだろ」

肩を竦《すく》めて言った友部が、持ち出したギャルソンエプロンを身につける。穂にも差し出されたそれを素直に腰に巻き付けていると、会話の行方《ゆくえ》が摑《つか》めずにいたらしいシンが慌てたように声を上げた。

「いえ、そこまでは。もう十分です。あとは俺だけで」

「馬鹿言え。ひとりじゃ無理だから従業員雇ったんだろうが。リニューアルオープン初日ったら客は通常より多いぞ。どうやってさばく気だよ」

「ですけど、それはいくら何でも」

いつもは落ち着いた風情のシンが今日見せる顔は、ふだんとは違うものばかりだ。それが珍しくて、穂はつい見つめてしまっていた。

「やかましい。人の親切は素直に受け取れ。フロアの様子見と洗い物と雑用は全部こっちに投げて、シンはオーダーさばくのに専念しろ。あとミノル、客が並ぶようだったら会計手伝ってやってくれ。シンもそん時はミノルを助けろよ。今日の今日だし全部覚えるのは無理だろうしな。んじゃ、おれはこれから看板を外に出して来るから」

友部が穂を下の名で呼ぶのは、このバーで会った時のルールだ。ここから切り替えだと心得た穂が頷いて返すと、友部はよしとばかりに笑って大股《おおまた》にフロアを出ていった。

呆然《ぼうぜん》と見送っているシンを少し離れた場所から眺めて、穂はそろそろと声をかける。

「すみません、手元に置けるメニュー表があったらお借りできませんか」

「ああ。……だが、本当にいいのか？」

振り返ったシンが複雑そうに言う。それへ、穂はにこりと笑ってみせた。

「もちろんです。といいますか、諦《あきら》めた方がいいですよ。友部さん……カズキさんがああなったら、ハルカさんでも止められないでしょうから」

友部と穂が個人的につきあうようになって、やっと一年半だ。全部を知っているとは言えないまでも、何度も助けてもらったからこそわかることがある。

友部一基という人は、誠意と義侠心《ぎきょうしん》の塊だ。この状況で、「友人」のシンを放置できるはずがない。それは、シン本人もよく知っているはずだ。

果たして、シンは困った顔のままで笑った。

「カズキさんには甘えさせてもらうが、ミノルはもう十分だ。今日の飲み代は奢《おご》らせてもらうから、あとはゆっくりしていけばいい」

「無理です。といいますか、オレはカズキさんの指示で動いてるので、カズキさんに話をつけてください。あと、一応お伝えしておきますけど、これでも接客の経験はあるので極端に足を引っ張ることはないと思いますよ」

「……また、できない相談をしてくるな……」

下手に恩返し云々《うんぬん》を並べるよりはと、一番効果的と思われる言い訳を口にした。案の定、弱った顔をしたシンににっこり笑顔を返してから、穂はカウンター前に提示されたメニュー表に目を向ける。

洋酒日本酒にカクテルを含んだ数はかなりのもので、これをすべて覚えているシンに改めて感心する。ひとまず、見知った名前の酒の値段を片っ端から頭に叩き込んでいった。

2

「Magnolia」のリニューアルオープン初日は、見事なまでの盛況に終わった。

常連の多くが顔を揃《そろ》えた上、それぞれに連れがあったのだから当然だ。特にオープンから二時間過ぎたあたりから日付が変わった後しばらくは、シンが酒を用意する手を止める暇がないほどだった。

最後の客が帰っていったあと、友部が外の看板を片づけている間に穂はフロアに残ったゴミを集めて始末する。仕事終わりに合流したハルカ——長谷遥《はせよう》が残った洗い物を片づける傍らでシンがレジを集計していった結果、後片づけも速やかに終わった。

それから約一時間経《た》った今、片づけたはずのカウンターに近いソファ席に店主のシンと居残った三人が陣取って、打ち上げと称して思い思いに飲み食いしている。

お礼と休憩を兼ねて飲んでいかないかと言い出したのはシンだ。新しい酒の封を開けて、つまみも用意してくれた。喜んだ友部が最初の一杯でほろ酔いとなり「もっと腹に溜《た》まるものが食いたいな」と傍にいたハルカ——恋人の長谷の前でつぶやいた結果、洋食屋の厨房《ちゅうぼう》で働く彼はすぐさまカウンター奥の簡易キッチンに立った。「簡単すぎるけど」と言いつつ出された料理は穂からすれば十分に手がかかっていて、当然のことにとても美味《おい》しかった。

ちなみに長谷の「ハルカ」は呼び名であって、本名は「ヨウ」と読むのだそうだ。人混《ひとご》みの中で頭ひとつ抜きんでる長身に、芸能人かモデルかと思うほど整った華やかな容貌の持ち主だが、れっきとした男性であり友部とは同性同士の恋人になる。マスターのシンとは古い友人だとかで、バーの常連としても古株だ。容貌と同じく華やかな恋愛遍歴の持ち主だけれど、現在は常連の間でも友部にベタ惚《ぼ》れだと知られていた。

その長谷は明日仕事が休みだというが、友部の方は出勤だという。だから早めに帰って休もうと諌《いさ》める長谷を「出勤ったって昼からだろ」とろくに相手にしなかった友部は、すでに真っ赤な顔の酔っぱらいと化してしまっている。

その様子を、穂はソファの端でカクテルを嘗《な》めながら眺めていた。

本音を言えば、早々に帰るつもりでいたのだ。シンと友部と長谷は名実ともに親しい間柄だけれど、穂は友部のオマケでしかない。さらに言うなら内定取り消しの件で、できれば朝一番に大学の恩師になる教授に相談もしたい。

とはいえ、三月も残り十日を切ったこの時季に相談しても教授を困らせるのは目に見えている。何より内定取り消し云々を、打ち上げの場で暴露するのはよろしくない。友部たち全員が「穂はここにいて当然」と言わんばかりの態度でいてくれるからなおさらだ。結果、おとなしくソファにおさまって三人の会話に耳を傾けている。

「で、どうするんだ。その無断欠勤従業員。正社員なんだろ?」

「ああ……ただの無断じゃなくなった。計画的無断欠勤だった」

「は？　何だそりゃ。どっからわかったんだ？」

思い出したように訊いた長谷にシンが冷えた声で答え、それを受けて友部が露骨な呆《あき》れ顔になる。口には出さないが穂も同じ気持ちで、ついシンを見つめてしまっていた。

「営業中に電話が入りました。相手しているほど暇ではないので、すぐに切りましたが」

おそらく年齢が上だからだろうけれど、シンは必ず友部に敬語を使う。思ったあとで、そうではなくシンは一部例外を除けば誰が相手でも基本的には敬語を遣っているのだと気がついた。思い返してみれば、穂に対しても一時期まではそうだった。

「電話だぁ？　何言ってきやがったんだそいつ」

胡乱《うろん》な声を上げた友部に「はあ」と肩を竦めたシンが、淡々と説明する。曰《いわ》く、シンが通話に出るなり素《す》っ頓狂《とんきょう》に明るい声で、「今からでも行った方がいいですよねえ？　俺がいなくて困ってるでしょお？」と言い放ったのだそうだ。

「馬鹿か。馬鹿だろ。そんなん、完璧に馬鹿でしかねえよ。んで？　シンはその馬鹿に何て答えたんだ」

「二度と来るな、とだけ。返事は聞かずに切りました。——ひとまず次を探しますよ。焦って妙なのを摑みたくはないので、当面は知り合いの伝手《つて》を頼ることになるでしょうが」

要するに、無断欠勤の正社員は解雇ということらしい。当然のことだろうと、話を聞いただけで思ってしまった。

「……まあ、早めにわかったって意味ではかえってよかったんじゃないのか？　にしても、何でそんなの雇ったんだ」

馬鹿だ馬鹿だと繰り返す友部を宥《なだ》めながら、長谷が言う。それへ、シンはわかりやすくうんざり顔を見せた。

「知人の伝手で強引にねじ込まれたんだ。どこで働いても人間関係のせいで長続きしないが、本人はやる気があって真面目だから是非使ってほしい、だったか」

「いやありえねえだろ、無断欠勤するヤツのどこがやる気があって真面目だって？」

「本人は、本気でそう思ってるんでしょう。時々いますよ、自意識過剰とやる気をはき違えてるの。――ってことでいいんだよな？」

「概《おおむ》ねその通り。知識も経験も謙虚さもないがプライドだけは高かったな」

さっくり応じたシンを眺めて、友部が厭《いや》そうな声を上げる。

「さいあく……そういや昔部下でいたなあ、そんなヤツ。解雇の口実作ってくれてよかったじゃねえか、執着された日にはひどい目に遭うぞ。どうせ部下にするんだったら、それこそ牧田くんみたいな子探せよ。気が利いて素直でよく働くの三拍子だ、将来期待できるぞー？」

「ああ……一基さん、それよく言ってますよね。そんなにミノルはお気に入りですか」

いきなりの飛び火にぎょっとして目を剝《む》いていたら、じっと一基を見下ろしていた長谷が急にこちらを向いた。泡を食ってぶんぶんと首を横に振った穂を見ながら続ける。

「そういや、ミノルは就職決まったんだよな。何の仕事なんだ？」

「え、あ、う、えええ、えーとっ」

グラスを握りしめたまま、自分でもわかるほど挙動不審になった。長谷の隣の友部が「ああ」と言いたげな顔で見ているのがわかって、すうっと肩から力が抜ける。――ここは、見栄を張っても仕方がない。

「そ、れがその……先方の都合で、内定取り消し、に」

「……は？」

「え」

長谷がぽかんと口を開け、シンが胡乱そうに眉《まゆ》を寄せる。揃って穂と友部とを交互に眺めている。ほぼ無音となった店内に、ずんと重い空気が垂れ込めていた。

「いつの話だ？　そんなこと、一基さんも全然」

「――準備の途中から、雰囲気が変わったとは思ったが。まさか」

趣違いの端整な顔ふたつに静かに問いつめられたら、もはや黙秘権を放棄するしかない。観念して、穂はぼそぼそと言う。

「今日、です。ここの準備手伝ってる時に、電話で」

「おい……待てよ」

眉を顰めたシンが、指先でこめかみを押さえている。長谷はと言えば友部に引っ張られ、何やら内緒話中だ。

やはり言うべきではなかったかと心底後悔しながら、穂は必死で言葉を探した。

「オレって昔っからどっか間が悪いんですよ。肝心な時にタイミングが悪いというか。転ばないように手を繋いでもらってたのを離されたとたんにすっ転ぶとか、目の前で最後の一個が売り切れるとかよくあるし、ぎりぎり間に合ったはずの電車にホームの真ん中でいきなり靴が脱げたせいで置いて行かれたこともあります」

「……そういや、牧田くんが初めて『はる』一号店にバイトの面接に来た時って、ちょうどおれとハルカがフロアでバトルしてたんだよな」

感慨深げに友部が言う。ちなみに『はる』というのはこの界隈《かいわい》では知られた洋食屋で、友部と長谷はその一号店に勤務している。かつての穂のバイト先であり、それがきっかけにふたりと知り合った。

「『はる』でバイトしてた頃に変な客につきまとわれて、そいつが来店する日時とミノルの出勤日が不気味なほど一致してたこともありましたよ。ミノルの出勤日を訊かれてもいっさい答えなかったのに、です。もっととんでもないのが、たまたまバイトが休みの日にミノルが用があって店に顔出したら、ちょうどそいつが店に来てて鉢合わせたっていう」

「は、ははは……」

長谷の言い分はすべて事実で、それだけに乾いた笑いしか出なかった。本当に、絶対誰かが仕組んでいるはずだと確信するほど、当時の某客との遭遇率は高かった。

「大学の友達からはそういう体質か、さもなきゃ妙な電波を出してるんじゃないかって言われましたよ。時々、すごく不憫《ふびん》がられましたもん」

「確かに。あの頃のミノルは満場一致で不憫だった」

うんうん、と長谷に重々しく同意されてしまった。

場の雰囲気が緩んだことにほっとして、穂は笑顔で言う。

「まずは就活ですけど、並行してバイト先見つけて働きますよ。長引くとは思いたくないけど、引っ越しもあって物入りになりそうだし」

寮に入るだけなら格安の寮費と引っ越し代ですむが、アパートを探すなら敷金礼金が必要だ。いくらかの蓄えがあるとはいえ、職探しに専念できる状況とは言えない。

「バイトか。……神《じん》に訊いてみっかな」

「いえ、それは。いくら何でも図々しいっていうか、ムシがよすぎると思いますし」

友部のつぶやきに、穂は急いで首を振る。

実を言えば、穂は『はる』一号店でバイトをしていた頃に正社員として入らないかと声をかけてもらっていたのだ。その気になった時点で連絡してほしいと言われていたのを断って、今回内定を取り消された会社の入社試験を受けた。その状況で、友部に――友部が「神」と呼ぶ『はる』一号店店長にバイトを願い出るほど、厚顔無恥にはなれない。バイトしていた頃、店長を始めとしたスタッフからとてもよくしてもらったからなおさらだ。

懸念と気遣いがこもった友部の表情を、とてもありがたいと思った。

「知り合いとか、友達の伝手もあるから、バイト先は自分で探してみます。どうしても無理で困った時に、また友部さんに相談させてください」

「……ん、わかった。だけど変に遠慮はするんじゃねえぞ。いいな？」

「はい」と素直に頷いた穂に、友部はようやく表情を緩めてくれた。そこに、黙って聞いていた長谷が言う。

「バイトするんだったら、『はる』よりここの方が都合がいいんじゃないのか？」

「え、……？」

「夕方から夜中に営業ってことは、昼間はほぼフリーだろ。ハロワ行くにも面接受けるにも都合つけるのは簡単だ。下手なバイトに入ると昼間の時間を取られて、面接に即動くのが難しくなりかねない。ついでにここなら常連の顔も知ってるし、今日もよく動けてたよな」

思いがけない提案についていけず瞬《しばたた》く穂をよそに、長谷は続ける。

「シンだって、下手に臨時のバイトを入れるよりミノルに頼んだ方がずっとやりやすいんじゃないか？　正社員決めるのに猶予が欲しいならなおさらだ。ひとまずミノルに入ってもらえば、焦って決める必要がなくなるだろ」

「ああ、それいいかもしれねえな」

言葉が見つからない穂の代わりのように、友部が言う。

「牧田くん、『はる』でも接客に定評があったしな。レストランとバーだと多少勝手は違うだろうが今日見た限りさほど問題なさそうだし、シンとだったらそこそこ気心も知れてる。ひとまず互いの条件だけすり合わせてみてもいいんじゃねえ？」

「神さんと社長が揃ってミノルを欲しがってたくらいですしね。――そのどっちも、仕事に関しては容赦のない鬼だ。それは俺が保証する」

前半を友部に返したあと、長谷は後半をシンに向かって言う。

臆面《おくめん》もなく誉《ほ》められて、かあっと顔が熱くなった。それでも、穂は急いで口を開く。

「あの、でもオレ、たぶん就職が決まったらいきなり辞めることになると思いますし。それだとかえって迷惑になるんじゃないかと」

シンだけでは無理があるという判断で、もうひとり雇ったはずだ。それを思えば、安易な気持ちでバイトに入るわけにはいかない。「はる」のように、急に穴が空いてもある程度フォローできる職場ならともかく――と思っていると、今度は友部が言う。

「けど、その条件ってお互い様だよな」

「おたがいさま、ですか……？」

「シンだって、正社員が見つかればバイトは即いらなくなるんだ。牧田くんが就職する前にそうなる可能性だってある。双方がそれを視野に入れた上で了解できるならいいんじゃねえのか？　特にシンの方、急場しのぎならその方がかえって助かるだろ」

「……確かに、それはそうですが」

黙って話を聞いていたシンが、かすかに笑って言う。それにふんふんと頷いて、友部は改めて穂を見た。

「住むとこに関しては、とりあえずうちに来いよ。でかい荷物はトランクルームに預けて、その間に部屋探しすりゃいい。狭いとこで悪いけど、去年の夏は弟とふたり暮らしだったんだ。できないこともないだろ」

「何なんですか、それ。何で一基さんの部屋にミノルが？」

即座に反応したのはシンでも穂でもなく、友部の隣にいた長谷だ。突如鋭くなった視線で見据えられて、本能的にソファの上を後じさってしまった。

「え、あの、今住んでるアパートが学生専用で、だから一週間以内に出ないとまずいんです。職場の寮に移る予定だったから、住むとこはこれから探さなきゃならなくて」

「……へえ？　それでミノル、一基さんちに居候する気なのか」

「――――！」

限界まで低められた長谷の声を聞くなり、本能的な恐怖に襲われた。あらん限りの力で首を横に振っていると、友部が呆れたような声を出す。

「阿呆《あほ》。牧田くんを脅すなよ。いいじゃねえか、部屋が見つかるまでの間くらい」

「あいにくですが、その件に関しては俺は同意も譲歩もしませんよ。そんなもん、できるわけないじゃないですか」

「はあ？　何言ってやがんだてめえ。つーか、いくら何でも心が狭すぎないか」

聞こえてくる痴話喧嘩《ちわげんか》、あるいは惚気《のろけ》を耳に入れながら、穂は冷え切った肝に銘じた。

——間違っても友部の部屋に居候してはいけない、と。

3

誰かに呼ばれたような気がして、目が覚めた。

寝ている場所にも目に入る光景にも違和感を覚えて、穂は飛び起きる。とたんに「おはよう」と声がかかった。

「お、はようございます……？」

尻上がりの声で答えたあとで、その声の主がシンだと気づく。視線を巡らせた先、カウンターの中で何事か作業中らしき人影を認めて、ざあっと全身から血の気《け》が引いた。

つまり、穂は「Magnolia」のソファの上で眠っていたのだ。

「あ、あの、すみませ——オレ、何でここで、寝っ……」

「気にしなくていい。さっきまで俺も寝てた」

「え、あ、う……あ、あの！　友部さんと長谷さんはっ」

見回した視界にふたりの姿はない。知った上での問いに、シンはあっさりと言う。

「帰った。カズキさんは午後から仕事だからちゃんと寝かせないと身が保《も》たないって、ハルカが抱えてタクシーに乗せた。ミノルは、まあよく寝てたから」

「す、すみません！　あの、オレすぐ帰りますっ」

泡を食ってソファから降りかけた穂を見て、シンが笑う。屈託のない様子で言った。

「慌てなくていい。それより腹減っただろ。そろそろ昼食に出るんだが、よければつきあわないか？」

「えーと……オレ、ですか。いいんでしょうか？」

「駄目な相手なら最初から誘わない」

端的な返答に、「そうなのか」とすとんと思う。そういえば成り行きとはいえ前にも一度だけ、ふたりで食事をしたことがあったのだ。

もそもそとソファから足を下ろして、穂は自分の格好を確かめる。着のみ着のまま寝てしまったが、幸い服装はロングTシャツにブラックジーンズだ。皺《しわ》が気になるほどではなし、上着を羽織れば問題ないだろう。

「あの、マスター。出かける前に洗面所と、あと掃除機借りてもいいでしょうか」

「好きにして構わないが、掃除機というのは？」

怪訝な顔で問われて、穂はそろそろと言う。

「夜の掃除機はよくないと思って、昨夜はかけずじまいになってるんです。フロアの掃除はオレの担当だったし、昼間なら音の心配はしなくてていいですよね」

「――――」

無言でまじまじと見つめられて、余計なことだったろうかとやっと気づく。何しろここはシンにとって大事な職場だ。

「……掃除機は、レストルームの奥の倉庫にある。まだ整理がついていないから探すことになると思うんだが、いいのか？」

「すぐ行ってきますっ。えーと、先に顔を洗ってから」

「よろしく。これ使ってくれ」

すっ飛んで行こうとしたら、カウンターの中から何かを投げ渡された。数歩近づいた先でふわりと手の中に落ちてきたタオルを握って、穂は「お借りします」と声を張る。柔らかいタオルを手に、洗面所へと急いだ。

男のくせにと言われたこともあるけれど、穂は掃除機をかける作業が結構好きだ。狭いアパートの中では面倒に思うことも多いが、だだっ広いスペースになると燃えてしまう。

よしとばかりにソファやグリーンを動かしながら掃除機をかけ終わってから、急に気がついた。カウンターの中で作業したり奥の倉庫との行き来をしていたはずのシンがカウンターに凭《もた》れて、感心したように穂の仕事を眺めていたのだ。

いったいいつからと思ったら、その場で固まってしまった。それを認めてか、くすりと笑ったシンが大股に近づいてくる。穂の手から掃除機を取り上げて言った。

「お疲れさん。あとはやるから、カウンターの上のお茶でも飲んで休憩しててくれ」

あの、と声をかけた時にはもう、シンの背中はフロアの向こうに消えてしまっていた。

落ち着かない気分で、穂はカウンターに近づく。氷入りのグラスを満たす色で紅茶かなと見当をつけて唇をつけると、いい香りが口中に広がった。

何だかほっとして、そのまま一気に飲み干した。昨夜教わった通り、カウンターの中のシンクでグラスを洗い、きれいに拭《ふ》いて所定の場所に戻す。その直後、上着を羽織って外出準備をしたシンに呼ばれて「Magnolia」を出た。

階段を上った先の地上には、昨日の花曇りもどきを一掃したような青空が広がっていた。眩《まぶ》しさに目を細めたあとで、そういえば何時だろうと思う。取り出して眺めたスマートフォンの時刻はすでに午前十一時を回っていて、すっかり爆睡していた自分に呆れた。

「洋食と和食、どっちがいい？」

横から聞こえた声に反射的に目を向けるなり、見下ろしていたシンと視線がぶつかる。気のせいか彼の目が笑っている気がして、ひどく恥ずかしくなった。

「オレはどっちでも……あの、こんな時間まで居座ってすみません。マスターはちゃんと休まれましたか？　オレのせいで迷惑をかけたんじゃあ」

「それはない。よく働いてくれたから、むしろ助かった方だ。——和食にしていいか？　この近くに旨《うま》い店があるんだ」

「はい。オレもその方が嬉しいです」

すぐさま頷いて、シンについて行った。

連れて行かれた先の和風レストランで頼んだランチは懐石風で品数が多く、しかも美味しかった。最後に出たわらび餅《もち》と緑茶を楽しんだあとは、先に立ったシンにまとめて会計をすまされてしまう。レジで騒いでは迷惑だろうと一人分の金額を握って待ちかまえ、出てきたシンに差し出した。

「奢りだから気にしなくていい。それはそうと、時間があれば面接しておきたいんだが」

「……はい？」

きょとんと見返した穂に、シンが笑う。下がり気味の目尻を緩めて、何かを企《たくら》んだような顔で言った。

「うちでのバイトは、する気になれない？」

「えっ、あの、でも昨夜の長谷さんのあれは、酒の席での話で」

「飲んでいてもそのくらいの判断はできる。少しでもその気があるなら、条件だけでも聞いてみないか？」

かつて長谷を見ていて思っていたことだけれど、端整な容貌が浮かべる満面の笑みは一種の凶器だ。簡単に人を悩殺し、頷かせてしまう。

数分後、穂はシンの案内で駅に近い喫茶店の窓際の席に腰を下ろす。オーダーを訊かれて少し考え、カフェラテを頼むことにした。

「昨夜の話はどのくらい覚えてる？」

改まって口を開いたシンが、長い脚を組み直す。その仕草まできれいなのだから、ある意味反則だと思う。

「ほとんど覚えてると思います。オレが住むとこがなくなるって言ったら友部さんがうちに置いてやるって言ってくれて、長谷さんがヤバくなったあたりで終わりました、よね？」

「上等だ。結構酔ってるように見えたけど、案外冷静なんだな」

具体的に続いた内容の最初の部分は、昨夜の話に出た通りだ。「Magnolia」での勤務は夕方から夜中になるが、穂が就職活動するにあたって途中で抜けたい、あるいは遅刻するといった場合は、事前連絡さえあれば原則そのすべてに応じるようにする。就職が決まったら先方都合で突然辞めるのも了解だが、その代わりシンの方が先に正社員の人材を見つけた場合は早々に辞めてもらうことになる――。

「それと、できれば簡単なカクテルくらい作れるようになってほしい。やり方は俺が教えるし、場所や材料も提供する。あとは、そうだな……うちはアルコールを扱うから、たまにたちの悪い客が来る。そういう輩《やから》に絡まれた時は相手にせず、速やかに逃げて報告してくれ」

「え、……逃げちゃっていいんですか？」

「俺が雇うのはあくまでバーテン補助であって、ホストでもホステスでもない。節度のない酔っぱらいはこれまでも極力追い払ってきたし、今後もそうするよ」

「……そっか。そうですよね」

そういえば、以前「Magnolia」で友部と飲んでいて顔見知りの常連にしつこく絡まれた時、シンは友部と協力して穂をカウンター奥の物置に匿《かくま》ってくれたのだ。

続けて聞かされた時給は夜の仕事だからか通常のバイトより高めで、休日は四週六休、つまり隔週で週休二日になるという。

「それと、これは昨夜の分だ」

「えっ」

言葉とともに、カップの横に白い封筒を置かれた。ぽかんとして目をやると、シンは面白がるような顔で言う。

「昨日の準備開始から片づけ終了までと、掃除機をかけた時間を足して換算した。バイトの件とは関係なく、これはミノルが受け取るべき正当な報酬だ」

「……っ、待ってください！　オレは、そんなつもりじゃあ」

「知ってるが、あそこまで動いてもらってただ働きはあり得ない」

「でっ、でもじゃあ友部さんは⁉　長谷さんだって手伝ってたじゃないですか！」

泡を食って訊き返すと、シンは待っていたとでも言うように笑う。

「あのカズキさんが受け取ると思うか？　ついでに、カズキさんが断ったものをハルカが撤回するとでも？」

「だったら、友部さんの指令で動いたオレも同じじゃないですか！」

言いながら、封筒をぐいぐいと押し返す。そんな穂を眺めながら、シンはカップに手を伸ばした。見惚《みと》れるような動作で口に運ぶと、呼吸と言葉に詰まって黙った穂を見返し、──唇の両端を引き上げるようにして、きれいに笑った。

背骨が抜かれたかと思うくらい、全身が弛緩《しかん》した。

「カズキさんとハルカには貸しがある。それを返してもらったという形で話がついたんだ。だが、ミノルには貸しはないよな」

「あります！　マスターは覚えてないかもしれませんけど、オレは前に助けてもらってるんです、だから今回のはその恩返しってことでっ」

「その貸しは胡蝶蘭で返してもらった。ミノルも出資したと、カズキさんから聞いたしな」

「でも、それとこれとは別でっ」

「受け取らないと言い張るなら、それはそれで構わない。金額分、うちで好きに酒が飲めるだけの話だ」

「そ、ういうのはよくないと思います、おれはただの常連なんだから、特別扱いに見えることはしない方がっ」

「だからこれは受け取ってくれるよな？」

にっこりときれいな笑顔を向けられて、反論が見つからなくなった。そこに、トドメのように付け加えられる。

「労働には対価があって然《しか》るべきだ。ついでに白状すると、これは下心でもある」

「したごころ、ですか」

「これを機会にミノルにバイトに入ってもらおうと思ってね。無理強いする気はないが、勧誘する気は満々なんだ」

「えっ」

シンを見返して、穂は目を丸くした。まさか、そうまで言ってもらえるとは思ってもみなかったのだ。

「……本当に、オレでいいんでしょうか。昨夜、友部さんと長谷さんが言ってくれたのって、かなり贔屓目《ひいきめ》っていうか、買いかぶりが入ってると思うんです」

「それも無関係とは言わないが、決定打になったのは昨夜の働き振りだよ。正直、とても助かった。できれば今日から来てもらいたいと思っている」

静かに言って、シンはまっすぐに穂を見据える。表情も視線も初めて目にする真摯《しんし》な色があって、わずかにたじろぎながらもそのまま受け止めた。

……どうしても断らねばならない理由は、ないのだ。

職探しはまだ始めてすらいないが、昨今の就職状況を思えば正社員の職は簡単に見つからない可能性が高い。アパートの退去を目前に新しい住まいが決まってすらいない現状を思えば、割のいいバイト先があって職探しへの配慮までしてもらえるのはかなり大きい。

何より、目の前にいる人は信頼できる。――個人的によく知っているとは言えない相手だけれど、それがわかっていれば十分だ。

ひとつ息を吸い込んで、穂はまっすぐにシンを見つめた。

「ありがとうございます。オレでよければ、是非お願いします。足りないところもたくさんあると思いますので、遠慮なく教えていただければ助かります！」

言い切って、頭を下げた。一拍置いて顔を上げたとたんにシンの笑顔とぶつかって、何となく狼狽《うろた》えてしまう。反応にまごついたあとで、思い出して言った。

「えっと、早々になんですけど。次の休みって、いつになりますか？」

「うん？　休み？」

「超特急で、新しい部屋を探して引っ越さないとまずいんです。見つからなければ、とりあえずでウィークリーマンションにするつもりでいるんですけど」

「……カズキさんのところには行かないのか？」

少し首を傾げて言うシンは、しかしいかにも作ったような表情をしている。それへ、知っているくせにと顔を顰めてしまった。

「オレ、長谷さんに恨まれるのも馬に蹴られるのも厭ですよ」

「真っ当な判断だな。——うちのバーが入ってるビルの上に空き部屋があるから、ひとまずそこに移るといい」

いきなりの申し出にきょとんとした穂を可笑《おか》しそうに眺めて、シンは続ける。

「うちが倉庫代わりに使っているんだが、潰《つぶ》れているのは一部屋だけだ。ひとりで住むには困らないから、正式な職場が決まって引っ越すまでは好きに使うといい。家賃もいらないよ」

「あ、あのっ！　それはいくら何でもっ」

「今急いで部屋を探したとして、就職先が遠くなったらどうする。また引っ越すのは労力がいるし、ウィークリーマンションは不経済だ。倉庫にはたまに俺も出入りするが、しょっちゅうじゃないから心配しなくていい。そんな場所で家賃は取れないしな」

「や、でもだからって」

焦った穂の言うことなど馬耳東風なのか、シンは美味しそうにカップの中身を飲み干した。おもむろに穂を眺め、首を傾げて言う。

「とりあえず、それを飲んでしまおうか。そのあとで、新しい部屋に案内しよう」

4

新たに穂の住まいとなった部屋は、「Magnolia」が入ったビルの三階端にある南向きの物件だった。

ゆったりとした2LDKの間取りの中で、倉庫として使われているのは玄関に最も近い北側の一部屋のみだ。それ以外には、八畳ほどの広いリビングダイニングにカウンターキッチン、さらに西側には大きな窓を有する部屋がある。そこを寝室にするといいと、初めてここに連れてきてくれた時にシンは言っていた。

（残っている家財道具はそのままにしておいてくれ。その代わり、好きに使って構わない）

（えっ、でもベッドとかソファとかテレビとか冷蔵庫とか、カウンターの椅子とかっ）

（オーナーがたまに使う部屋なんだ。許可は取ってあるから気にしなくていい）

ベッドリネンやタオル類、それに食器の類《たぐい》までも使っていいというのだ。条件は、常識の範囲内で清潔に使って現状を保つこと。汚染または破損したリネン類や食器等については、退去時にシン立ち会いのもとで確認、補充していくようにとのことだった。

穂の家財道具は学生らしく最低限でベッドはなく布団使用だったし、大抵のことはスマートフォンですむからとテレビやオーディオ類も持っていない。入る予定だった社員寮も家具つきだったから、何を増やすということも考えていなかった。それを思えば、あり得ないほどの高待遇だ。おまけに、バイト先までこの部屋を出て玄関の鍵をかける時間を入れても徒歩三分という近さだ。

「何かこう、至れり尽くせりすぎ……」

リビングの端に積まれた段ボール箱を眺めながら、そんなつぶやきがこぼれて落ちた。

ちなみに穂の引っ越しは、いわゆる引っ越し便ではなく通常の宅配便扱いだ。家具らしい家具はローテーブルのみ、大きな荷物はついでに座布団も詰め込んだ布団袋のみだったから、それで十分だと見積もりの時業者側から言われた。運び入れも、ものの二十分もかからず終わったのだ。

「……これだけ広くて家具つきって、家賃は相場でもかなりいくよね」

無料でいいと繰り返したシンにそれでは申し訳ないと粘りに粘って決まった家賃は、本来入るはずだった寮の費用と同額になった。安すぎると主張したのを、決めるのは貸し主だと言い渡されたのだ。何でも、頻繁に人が出入りしていると防犯上助かるから管理人扱いで、というのが「Magnolia」のオーナーの意向だという。

ありがたいことだと実感していたら、くうと腹が鳴った。

そういえば、昼過ぎに起きてから何も食べていない。適当に買ってこようと、穂は財布とスマートフォンをジーンズのポケットに押し込んで新たに自宅となった部屋を出た。階段を駆け下りてビルの外に出るなり香ばしい匂いがして、ついそちらに目を向ける。

「帰り、寄ってみてもいいかも」

かつてバーがあった場所には、つい昨日コーヒー店がオープンした。各種コーヒー豆の販売だけでなく、イートインスペースで注文して飲んでいくこともできるという。もっとも、開店初日の昨日はかなり混み合っていたため、眺めただけで終わってしまっていた。

よく晴れた今日は空が高く青く、日に日に気温が高くなっていくのが体感できる。近いうち、時間を取って近所を歩いてみよう。思いながら、歩いて五分ほどのサンドイッチ屋に入った。昼食と野菜ジュースを買っての帰り道に念願のコーヒーも手に入れてビルの自室に戻り、簡単な腹ごしらえをすませてから引っ越しの片づけにかかる。

開店前にカクテル作りのレクチャーを受けているため、四時にはバーに行くことになっているのだ。

実際にバイトを始めてみたら、シンは予想以上に面倒見のいい上司だった。営業時間前に穂にカクテルについて教えるまでは仕事だとしても、そのたびついでにと二人分の夕飯を用意してくれている。仕事中にも穂の動向に目を配り、さりげなく助言や注意をしてくれる上に、仕事上がりには早めの――就寝前の朝食に誘い、日によっては食後のコーヒーつきで細かい気づきや改善点を教えてくれる。そこまでいくと、もはや「よくしてもらっている」としか言いようがない。

にもかかわらず、バイト開始から一週間になっても営業中の穂にやれることと言えば、シンの指示に応じて手伝うことと雑用くらいだ。常連客の顔はほぼ覚えたし、定番のオーダーもおよそ把握したものの、その程度ではシンの助けにならないことも日々痛感している。

「早くレシピを覚えて……その場で作れるようにならないと」

急場凌《しの》ぎの、一時的なバイトだ。にもかかわらずここまでしてもらえるのは、それだけ人手が必要ということでもある。客からのオーダーに追われている様子をたびたび目にしていればなおさら、できるだけ早く役に立てるようになりたい。

最低限の荷解《にほど》きを終えたあとは、カクテルの本を広げてレシピの暗記にかかった。

オーダーされたあと、おもむろにレシピ本を広げるというわけにはいかないのだ。まずは必要な材料と分量を覚えないことには話にならない。

頃合いを見て身支度をし、もう少しだけと再度本を手に取った時にメール着信があった。シンからで、よければ早めに下りてくるようにという内容だった。

すぐ行きますと返信し、スマートフォンと鍵だけ持って部屋を出た。

地下への階段を下りた先で「Magnolia」の扉を開くと、すでに制服に着替えたシンがカウンターの中で何やら作業をしていた。

「おはようございます。手伝います」

「いや。いいから先に着替えておいで」

さっくり返されて、躊躇いがちに頷いた。カウンター奥の更衣室に向かう前に覗いてみると、どうやら味噌汁《みそしる》を作ってくれているようだ。

ここでパスタを茹《ゆ》でてくれたこともあったけれど、今日を含めた大抵の場合、シンが用意してくれるのは出来合いの弁当だ。ただし、その場合も必ず温かい汁物がついてくる。

制服に着替えてカウンターに戻ると、すでに食事の準備ができていた。

「いつもありがとうございます……けど、明日はオレに用意させてくださいね。ご馳走になってばかりですし」

「時間前に呼びつけるのに時給が出せないんだから、このくらいは当たり前だ。それはそうと、引っ越しは無事終わったのか？」

「はい。もともと物は多くないですから」

揃って食事をすませたあとは、カウンターでカクテルの作り方のおさらいをする。シェーカーやミキシンググラスを使うのは尚早なので、教わっているのはグラスに入れたものを混ぜるだけの「ビルド」という方法だ。

必死で覚えたレシピの中から、いくつかを立て続けに指示される。そのたび材料を用意し、覚えた手順でグラスに入れていく。

バースプーンで底を持ち上げるようにステアしながら、化学の実験をしている気分になった。分量と手順さえ間違えなければまず失敗はない。それが心底ありがたかった。

「よさそうだな。今日からオーダー受けてみるか」

グラスの中身を口にしたシンから言われて、穂はぎょっと顔を上げた。

「……えっ？　あの、でもまだ早いんじゃあ」

「気になることやわからないことがあれば、その場で訊いて構わない。出す客も選ぶから過剰な心配はしなくていい」

「わかりました、やってみます」

先回りして言われて、潔く頷いた。ここは度胸で、いざとなったら助けてもらうしかない。決心したそのタイミングで、何かを叩く音がした。

「たぶん業者さんですよね。オレが出てもいいですか？」

目をやった時計は開店時刻の五分前をさしている。時刻ちょうどに施錠を外すため、それ以外の時間帯に訪れる業者はあの分厚いドアをノックするしかないのだ。

「――いや、俺が行こう。ミノルはそこ片づけて、開店準備始めて」

「わかりました」

頷いて、指示通り片づけにかかる。その間にカウンターを出たシンが扉へと向かった。開店準備と言っても、洗い物を終えて身だしなみチェックをするだけだ。手早く両方を終えた穂がふと目を向けると、シンは細く開いた扉のところで誰かと話しているらしい。

業者ではなく来客だろうか。そう思った時、「もうっ」と高めの声が聞こえてきた。――若い女の子の、声だ。

やけに親しげな物言いに、つい目を向けてしまっていた。

「二十歳《はたち》になったら来ていいって、あの時ヒロくんが言ったんじゃない！　今日が誕生日で二十歳になったの、だからやっと来れたのよ。何で入れてくれないの？」

5

「よ。慣れてきたか？」

カウンター内のシンクに屈《かが》み込んでグラスを洗っていると、そんな声とともに向こう側に人が座る気配がした。

顔を上げる前に、声だけでそれが誰かはわかった。穂の定位置となったその場所の向こう側の席に無造作に腰を下ろした人――友部を認めて、穂は破顔する。

「いらっしゃいませ。……少しは慣れてきたかな、とは思います。マスターの足を引っ張ってばかりですけど」

「嘘つけ。ハルカから聞いたぞ。シンがそろそろミノルにカクテル作らせるらしいって」

「え、っと、それは」

「いらっしゃい。お聞き及びなら、一杯目はミノルに作らせてもらえませんか。カズキさん、カクテルも平気でしたよね？」

穂が返事をする前に、いつの間にか傍に来ていたシンが言う。友部と何やら話したあとで、

「オーダーはカズキさんから聞くように」と言い置いて離れていってしまった。

「何にしましょうか?」

「ジンライムでよろしく。ちょい薄めでな。でないとハルカにシメられそうだ」

「了解です。あれ、そういえば今日はひとりなんですか。ハルカさんは……?」

ロックグラスに氷を入れ、計量したライムジュースとドライ・ジン、それにシュガー・シロップを注ぐ。慎重にステアする穂の手先を眺めながら、友部は器用に肩を竦めた。

「仕事のあとシェフの集まりがあって、そっちに行ってる。こんな時刻にしなくてもいいのにな。社長の差し金だから仕方ないんだろうが」

「そ、うなんですか。じゃあ、今日はずっとひとりで?」

「終わったら迎えに来るからここを動くな、だそうだ。変に過保護なんだよな」

ため息混じりに友部がぼやく。もっとも長谷の気持ちはわからなくもないので、穂は笑顔でコースターを置き、その上にライムを飾ったグラスを差し出すのみにしておいた。

「……で、ちょい訊いていいか?　向こうのアレ、誰」

目の前のグラスをしげしげと眺めたあと、友部は頬杖《ほおづえ》をついて視線を右手に向ける。――見ているのは、カウンターのほぼ向こうの端近い席に座っている女の子だ。肩に届くまっすぐな黒髪が、少し落とし気味の照明の下でも艶《つや》やかに見えている。

本日、十数人目からの同じ質問に、穂は苦笑した。

「マスターの親類の方、みたいです。すみません、オレもそれ以上は知らないので」

「親類か。だったらアリかな」

ふうんとひとつ頷いて、友部がグラスを口に運ぶ。それを、固唾《かたず》を飲んで見守った。

本日穂が作ったカクテルの、それが通算七杯目だ。六杯目までにもらった感想はすべて「美味しい」だっただけに、友部からは忌憚《きたん》のない意見が欲しかった。

「え、と。どうですか、味とか。まずいとか、こんなはずじゃなかったとか」

「ないない。ちゃんと旨《うま》いぞ。あのシンが作らせるんだから余計な心配はいらねえよ」

けらけらと笑ったかと思うと、友部は再び反対側の端のカウンター席へと目を向ける。

「それにしても目立つよなあ……すげえ睨まれてんのに動じないのがまた凄いってーか」

「睨まれて、ますか?」

「さりげなく装ってるけどかなり露骨にな。エミさんとかリオさんにしてみりゃ、初めての客にあの席占領された上、ああまでべったりされたら腹も立つだろ」

言われてそっと眺めてみて、友部が言う女性たちがやや離れたソファ席からカウンター席の彼女を窺《うかが》っているのに気がついた。

エミさん、リオさんと呼ばれるふたりの女性は、「Magnolia」では古参の常連にあたる。どちらも二十代の独身女性であり、常連の間では知られたシンの信奉者だ。何でも過去にはわかりやすく張り合いながら、シンに対して積極的なアプローチをしていたという。

その彼女たちが今ややおとなしくしているのは、シンがマスターとして完璧に柔らかい応対をしながらも、そうした意味では見事なまでに相手にしなかった結果なのだそうだ。以降、抜け駆けはなしと互いに牽制《けんせい》しながら、水面下の戦いが続いているらしい。

彼女たちのうちのどちらかがカウンター席に陣取ってシンに話しかけている構図は、穂にも見慣れたものだ。それを年単位で続けている時点で、たいした熱の入れようだと思う。

彼女たちに過度な期待をさせず、かといって失望させることもなく現状維持しているシンの手腕も、相当なものだと思うけれども。

「そうかもしれませんね。リニューアルしてからカウンター席減ってますし。でも、あの子は開店早々に来てましたから」

酒や支払いのやりとりがスムーズになるようにと、今の「Magnolia」ではカウンター中央付近には席が作られていないのだ。両端にある席も数としては少ない上、あの女の子が今占領している席が最もシンの定位置に近い。

場所は早いもの勝ちだから、初めて訪れた客が座ることもさほど珍しくはない。にもかかわらず彼女が睨まれてしまう原因は、シンに対して親しげな様子を隠さない上、他の誰もしない呼び方をしているせいだ。気のせいでなく、態度のそこかしこに露骨な優越感が滲《にじ》んでいる。

「まあ、親類と言っても従兄妹《いとこ》とかなら結婚もアリだしな。もっともあの子はシンの好みじゃねえし、どう見ても一方通行だしで気の毒な気もするが」

さらりと聞こえた言葉に、思わず首を傾げていた。洗い上げたグラスを拭いていきながら、穂は友部に目を向ける。

「好みじゃない、ですか。そういうの、見てわかるんですか？」

「一目瞭然《りょうぜん》。シンがつきあうのは同世代の大人の女に限り、なんだそうだ」

「そうなんですか。あれ、じゃあエミさんやリオさんなら条件合ってるんじゃあ？」

エミはいわゆるキャリアウーマン風でリオは大和撫子《やまとなでしこ》タイプだが、どちらにしても穂からすれば男として太刀打《たちう》ちできない相手だ。愛想がないとか気が強いという意味でなく、女性ならではの柔軟さときりりとした潔さを思わせる、友部が言う「大人の女性」。仮に穂が本気で声をかけてみたとしても、子ども扱いされただけで終わるのが目に見えている。

「仕事とプライベートはかっちり分けたいから、客相手には恋愛しない。ついでに恋人はここに出入りさせない、のがシンのルールらしいぞ。そういや去年だか一昨年《おととし》だかに、今は恋愛沙汰《ざた》には興味がないってーか、どうでもいいって言ってたしな」

「……どうでもいい、ですか。どうしてなんでしょうね？」

首を傾げたあとで、そういえばと気づく。穂が「Magnoia」に出入りするようになって三年になるのに、シンに恋人がいるという話は聞いた覚えがない。せいぜい誰それが片思いしているだとか、打ち明けて玉砕したと耳にする程度だ。

見目がよく面倒見もよく穏やかで、人あしらいにも長《た》けている人だ。相手に不自由するはずはないのにと不思議に思ったあとで、そういえば自分はシンのプライベートをほとんど知らないのだと気づいた。

「ヒロくん」という呼び方に違和感を覚えたのは事実だけれど、そもそも穂は彼のフルネームを知らない。「シン」という呼び名が頭にあったし、バイトを始めて連絡先を交換した時には何の疑問もなく、スマートフォンに「マスター」で登録してしまったからだ。

気になるなら、直接訊いてみればいいことだ。ざわめく気持ちを宥めすかしながら、穂はついカウンター向こうの女の子に目を向ける。

黒髪は染めたことなどなさそうなさらさらのストレートで、乏しい明かりの下でも天使の輪らしきものが見えている。小作りの顔は和風に整っていて、色は白いのに唇だけが柔らかに紅い。横顔だけでもはっきりわかる、いわゆる美少女というやつだ。開店直後にカウンターのあの席についたきり、頬杖をついてまっすぐに――ひたすらに、カウンターの中にいるシン「だけ」を見つめている。声をかけられるたび短く返答しているシンの様子が、気のせいかふだんのそつのなさとは同じようで違って見えた。

「ミノル、もう一杯。同じのよろしく」

「はい。了解です」

あっという間にグラスをからにした友部に言われて、穂はすぐに返事をする。準備をしている間に顔見知りの常連客が友部に声をかけてきた。楽しげに雑談し、ついでのように穂にオーダーを飛ばしてくる。わざとなのか偶然か、どちらも穂が教わったレシピだ。

復唱しながらちらりと視線をやると、こちらを見ていたシンと目が合った。軽く頷かれて、穂は客たちに向き直る。

「えーと、両方、オレに作らせてもらってもいいでしょうか」

「うん、せっかくだしよろしく」

「マスターのはこれまでさんざん飲んでるしな」

笑いながら言う顔ぶれは、友部というより長谷の知り合いだ。常連が多いこのバーでは、客の中でも目立つ存在を中心にうっすらとグループ分けができている。そして、友部を含んだ目の前のふたりが属しているのは、長谷を中心としたグループだ。ちなみに穂も、友部の弟分でその一員として扱われている。

仕上げたカクテルを受け取ったふたりから、「旨い」という太鼓判を貰ってほっとした。雑談を終えた彼らが席に戻っていくのを見送っていると、横からシンの声がかかる。

「ミノル、カシスオレンジ頼む。アルコール少なめで」

「あ、はい。わかりました……?」

承諾したあとで、カウンター席の女の子に睨まれているのに気がついた。心当たりのなさに目を白黒させているうちにシンから指定された席のナンバーは、件の女の子のそれだ。

要するに、彼女はシンに酒を作ってほしいわけだ。

いいんだろうかと目を向けてみても、別の客のオーダーに応じているシンに気づく気配はない。これも仕事だと割り切って、穂はカシスリキュールを手に取った。タンブラーに注ぎ、手早く準備していると、友部が首を伸ばして覗き込んでくる。

「カシスオレンジって甘いやつだよな？」

「ですね。女性によく好まれるみたいです。カズキさん、飲んだことあるんですか？」

「かなり昔、ハルカんちにあった缶入りのヤツを貰って飲んだぞ」

友部と話しながら、タンブラーの中にオレンジジュースを加える。マドラーで混ぜながら、ふと開店直後のシンを思い出した。

——彼女がやってきた時点で、シンは珍しくうんざりした表情を見せていた。扉を挟んでの押し問答は営業時刻を回っても続いていたし、堂々と入ってきてカウンター席に座った彼女に向けるシンの目もやや尖《とが》っていた。もちろん、すぐに平常通りの表情に戻ったため、彼女にも気づかれなかっただろうとは思うけれども。

シンから耳打ちされたところによると、彼女は「ユイ」という名の親類らしい。仕事の邪魔をしたり問題を起こしたりした時はすぐ言うようにと、わざわざ念押しまでされた。

声を落として話していたせいか、その間の彼女はずっとシンと穂を見つめていた。目が合うなりわざとのように顔を背けられたあとは、どうやら意図的に無視されているようだ。

幸いなのは、彼女がシン以外をまったく視界に入れていないことだ。結果、エミやリオの様子だけでなく他の常連客たちから興味津々に眺められていても気づかないし、だからこそ彼らも安易に声をかけられずにいる。

仕上げた酒を手にカウンター内を移動する。彼女——ユイの前に辿りつくと、「お待たせしました」の言葉とともにコースターの上にタンブラーを置いた。

無言のまま露骨な視線を向けられ、金額ちょうどの硬貨を手の中に落とされる。会釈をし自分の定位置に戻ったとたん、とん、とタンブラーを置く音が耳に入った。

「これ、まずーい。飲みたくない。ヒロくんが作り直して?」

ユイだった。挑戦的な視線で穂を見たかと思うと、一転してシンに甘えた顔を向ける。

「まずいようなものは、出すはずがありませんが?」

シンの返事の、いつにない冷ややかさにぎょっとしたのは穂だけだったらしい。つんと唇を尖らせて、彼女はシンを見つめている。

「だってまずいんだもん。っていうか、今の人ってバイトでしょ。そんな人が作ったものにお金払わせるのって、おかしくない?」

「……ユイ」

「だから、作り直して。わたし、ヒロくん以外の人が作ったお酒とかいらないから」

「――……」

営業時間内にシンがため息をつくのを、ただの常連だった頃も含めて初めて聞いた。同時に、店内が静かにざわめくのが伝わってくる。

これは自分が謝罪に行くべきかと迷った穂が動く前に、シンがレジから硬貨を摑み出す。彼女の前に静かに置いて言った。

「お代はお返ししますので、今すぐお帰りください。バイトとはいえきちんと勉強していますし、俺が作っても味は同じです」

抑えた声なのに、明らかに尖っている。それを察して、今度こそどうすればいいかわからなくなった。――シンが穂を庇《かば》ってくれたのに、その穂が彼女に謝るのは違うと思ってしまったせいだ。

「ヒロくん、それってひどくない？　ずっと今日を待ってたのにそんなこと言う？」

むくれた顔になった彼女を、シンは無言で見返すだけだ。代わりのように、先ほどから彼女を気にしていた常連客のひとりが割って入った。

「ちょっといい？　そのヒロくんてマスターのこと？　っていうか、マスターが女の子呼び捨てって、もしかして彼女とか？」

「今は違いますけど、これからそうなる予定ですー。よろしくお願いしますっ」

語尾にハートマークをつけたような声で、彼女が花のように笑う。直後、はたき落とすような声がした。

「今も今後もただの親類です。イトコの子というだけですからね」

「今はそうでもこの先はわからないじゃない。前にも言ったよね？　イトコ同士だって結婚できるんだから、私となら問題ないよって」

「……ユイ。いい加減に——」

「うわー、あの子やっぱり大物。よくやるなあ。シンも珍しく余裕なさそうだけど」

近くで聞こえた声に我に返ると、友部がシンとユイのやりとりを本当に気の毒そうな顔で見ていた。穂の視線に気づいてか、こちらを向いて笑う。

「気の毒だけど助けらんねえし、おれはそろそろ帰るわ」

「え、と……でも、ハルカさんが迎えにくるんじゃあ？」

グラスの残りを呷《あお》った友部に言ってみると、彼は首を竦めて言う。

「今、電話があった。面倒だから外で待てって言っといた」

「え、面倒って」

「さっき、他のヤツにからかわれたんだよ。飲みのたび同伴か迎えが来るって、お姫サマみたいだとさ。てーか、ハルカのヤツ、おれをいくつだと思ってやがる」

友部の表情も動作もイヤそうなのに、いつもは鋭い目の色の、意外なほどの柔らかさが思いきりそれを否定しまくっている。その様子に、本当に正直な人だと微笑《ほほえ》ましくなってきた。

「みなさんがからかってるのって、カズキさんじゃなくてハルカさんの方だと思いますけど」

「あ？　何でだ、そりゃ」

「それはまあ、ハルカさんがカズキさんにめろめろのべたべたなのって傍目《はため》にも丸わかりですもん」

「…………」

するりと言ってしまった、その目の前で友部はものの見事に石化した。

言わない方がよかったらしいと、真っ赤になった顔を見たあとで気がついた。

6

「んじゃ、またれんらくする……」

微妙な一言を残して帰っていく友部を見送って、穂はカウンターの端に目を向けた。

事態は一応収束したらしく、シンはふだん通り客のオーダーを聞いている。カウンター席に座るユイはわかりやすくむくれたまま、タンブラーを口元に運んでいた。

どうやらおとなしく穂が作った酒を飲むことにしたらしい。少しばかりほっとしたついでに、洗い物を片づけてしまうことにした。

シンクの中に溜まったグラスをひとつずつ丁寧に洗い、真新しい布巾《ふきん》で水気を拭《ぬぐ》っていく。

洋食屋「はる」でバイトしていた頃に知ったことだが、穂はこの手の作業がとても好きだ。掃除機と同じで、成果が目に見えるのが清々しい。

きれいに拭き終えたグラスが台の上に三つ並んだ時、視界のすみを人影が過《よぎ》った。オーダーだろうかと顔を上げて、穂はつい息を飲み込む。あまり得意とは言えない相手が、今しも友部がいた席に腰を下ろすところだったからだ。

「結構、慣れたみたいだな。正直、最初は無理じゃないかと思ったけど」

「……ありがとうございます。マスターのおかげだと思います」

「Magnolia」の古くからの常連で、ミトウと呼ばれている男だ。年齢はおそらく三十代半ばほどで、穂が見上げる長身に均整の取れた体躯《たいく》の持ち主でもある。いつも趣味のいい服装で、にこやかに悠然と構えている。

長谷の仲間内に対抗するグループの、中心人物だ。周囲がではなくミトウ本人がやたら長谷を意識していて、そのくせ表向きは関係ないという顔をしている。

長谷と同じく「いる」だけで目立つ人だから、穂も早々に顔と名前を覚えた。あまりありがたくないことに穂自身も、ミトウからしっかり覚えられている。

……穂本人がどうこうというのとは、まったく別次元の理由で。

「オーダーですか？　あいにくオレが作れるのは簡単なカクテルだけなんですけど」

一応水を向けてみたものの、それはないなと内心で却下する。この一週間でミトウは二度顔を見せたが、そのどちらでも穂に声すらかけてこなかった。そもそもこの人は基本的に、まず自分からは穂に近づいて来ない。

ただし、ものには例外がある。そしてこの場合、その「例外」が理由で近づいてきたのは明らかだ。

「外まで迎えが来てたんだな。相変わらず過保護なことだ」

返った声は返事とは言い難いが、間接的に言えば立派な「答え」だ。要するに、ミトウ本人かその取り巻きの誰かがわざわざあとを追って行って見届けたらしい。

友部を迎えに、長谷がすぐそこまで来ていたのを。

「最初から約束されていたようですよ」

「入って来ないなら、声をかければよかったな。……で？　今度はいつ来るんだ？」

「さあ。オレもそこまでは」

「知らないのか。直接訊けば教えるだろうし、ミノルが頼めば来るんじゃないのか？　個人的な連絡先も知ってるくらいだ、ずいぶん可愛がってもらってるんだろう？」

含みたっぷりに言われて、ひどく厭な感じがした。

友部が、ひとりでこのバーに来ることは滅多にない。多少のタイムラグがあっても必ず恋人の長谷と合流するし、それを待つ間はカウンター席から動かない。

それは長谷の意向であり、シンと穂の協力で成り立っていることでもある。何しろ友部は、穂から見ても心配になるほど恋愛事に疎《うと》い。結果、周囲からの秋波に気づかない。

その友部に、ミトウはかねてから強い関心を示している。にもかかわらず容易に近付けないからこそ、こんなふうに穂に話しかけてくるのだ。

「カズキさんにはカズキさんの都合があります。いつ飲みに行くかは個人の自由ですしね」

にこやかに笑顔で言った穂を眺めると、ミトウは意味ありげに目を眇《すが》めてみせた。

「自分を振った男の彼氏とわざわざ仲良しこよしをやってるあたり、ミノルもなかなかの物好きだよな」

「……終わったことですから。カズキさんにはよくしてもらっていますし」

棘《とげ》どころか刃の覗く台詞《せりふ》を、軽く息を吸っただけでやり過ごす。あてが外れたふうに眉を寄せたミトウに、わざとにっこり笑顔を向けてみた。

「悔しいとは思わないのか？　よりにもよってカズキさんみたいなのにハルカを奪《と》られたあげく、完全に尻に敷かれてやがるんだぞ」

「そういう言い方は、ハルカさんにもカズキさんにも失礼だと思いますけど」

「事実だろ。同じ並べるならミノルの方がハルカに似合いだ。出来がいいだけのマネキンと、可愛いだけが取り柄のお人形さんだからな。カズキさんだとどうしたって見劣りするしな」

「……ミトウさん」

不快さに、声が尖ったのが自分でもわかった。伝わらないはずなのに――伝わったからこそか、ミトウは目を面白そうに細めて言う。

「見た目凡庸《ぼんよう》そのもので、どこにでも転がっていそうな手合いだ。おまけに口が悪くて手も早い。ハルカ、よく殴られてるよなあ？　もしかしてマゾだったのか？」

「――――」

穂と長谷が、かつてつきあっていたのは事実だ。穂をこのバーに連れてきてくれたのは長谷だったし、その時は恋人としてシンを始めとした常連メンバーに紹介された。

とはいえ、穂と長谷は二か月で別れたのだし、長谷が友部とつきあうようになったのはそのあとだ。初めて知った当時は確かに気持ちがざわめいたけれど、今となってはセピア色に変わった過去でしかない。

何より、当時の友部はそれを知った上で穂を気遣い、庇ってくれたのだ。今は、歳《とし》の離れた友人として掛け値なしに可愛がってもらっている。

当事者の間で解決したことを部外者にかき回されるすじあいはないし、マネキンや人形扱いされるのも真っ平だ。何より、友部に対する暴言はとてもではないが許せない。

友部からまともに相手にされないミトウの、負け惜しみのようなものだ。わかっていても、不快さは消えてくれなかった。

「やっぱり未練があるんだな。よりを戻したいんだろ。協力してやろうか？」

無言のまま、穂は視線を手元に落とす。途中だった洗い物に戻ると、くすくすとミトウが笑うのが聞こえた。

「とりあえず、カズキさんの連絡先教えろよ。それか、ひとりで来いって呼び出すか」

「——そんなに連絡先が知りたいなら、直接カズキさん本人に訊いたらどうですか？」

どうせできないくせにというニュアンスを、今回は隠す気になれなかった。案の定、不快そうに眉を寄せたミトウに目を向けて、穂は言う。

「さっきも言ったように、オレとハルカさんはとっくに終わってるんです。わざわざご協力いただく理由も必要もありませんので、あしからず」

「……へえ？　まあいいけどな。ミノルがここでバイトするなら、カズキさんもちょくちょく来るだろうし」

捨て台詞のように言って、ミトウが席を立つ。何もオーダーしないままフロアの奥に戻っていくのを、厭な気分で見送った。


「もしよければこのあとコーヒーでも飲まないか」

その日の仕事上がり、いつものように古い食堂で朝食という名の就寝前の食事をしている時にシンからそう言われて、穂は味噌汁の椀《わん》を持ち上げたばかりの手を止めた。

迷うことなく頷いた。向かいに座ったシンの気配にふだんとは違う疲労と気遣いを感じて、何となく理由が見えた気分になる。

――昨夜、開店前にいきなりやってきた彼女は、日付が変わって間もない頃にカウンター席で酔いつぶれたあげく迎えにやってきた家族によって連れ帰られた。

酔っぱらいも酔いつぶれもバーでは珍しくない。とはいえ、それがひとりでやってきた二十歳の女の子となると話は別だ。最終的にはシンが彼女の家に連絡して事なきを得たものの、親類としてもマスターとしても気がかりだったに違いない。

おそらく、彼女はまたバーにやってくるだろう。その話だろうと予想していた穂は、食後に移動した駅構内のコーヒー屋で席につくなりシンに頭を下げられてきょとんとした。

「悪かった。迷惑をかけた」

「……ええと、何がでしょうか」

返事をしながら、戸惑うのと同時にむっとした。まじまじと見返していると、その視線を真っ向から受け止めてシンが言う。

「ユイの件で厭な思いをさせた。次に度が過ぎる真似をしたら出入り禁止を検討する」

「それって難しくないですか？　お金を払ってる以上、彼女もお客さんですよね？」

ふたりが腰を下ろしたのは、窓際の席だ。駅南口と並びになるガラス窓の向こうはすっかり明るくなっていて、通りを行く人影も増えてきている。

早めに通勤する人が、ちょうどやってくる時間帯なのだ。昼夜逆転に近い生活を始めてもう一週間になるのに、仕事を終えてこれから休もうとしている自分を思うと何かに騙《だま》されたような不思議な心地になった。

「確かにそうだが、昨夜一番不愉快な思いをしたのはミノルじゃないのか？」

少し呆れたように言われて、穂は笑う。

「オレがカクテル作りに慣れてないのも、バイトなのも事実ですから、あのくらい言われてもしょうがないです。それより、フォローしてくださってありがとうございました」

思い出して、ひとつ頭を下げた。顔を上げ、そのまま続ける。

「昨夜の件を、マスターに謝ってもらう理由はないと思うんです。おれにとっての彼女は、大勢いらっしゃるお客さんのうちのひとりですから。――マスターの親類っていうのを笠に着て、無料で飲んで好き勝手言ってたなら話は別ですけど」

穂の指摘に渋い顔になっていたシンが、意外そうに目を瞠る。珍しいその表情を見つめながら、先ほどの苛立ちの理由に気がついた。つまり穂は、何の非もないマスターが彼女のために頭を下げたのが不快だったのだ。

「それにオレ、そこまで打たれ弱くないですよ？　『はる』にいた頃にはもっとすごいクレーマーの応対もしてましたから」

「ああ……」

「マスターだって、彼女がふつうのお客さんだったらそんなふうに謝ったりしないですよね。

それに今の時点で出入り禁止って言葉が出るのは、彼女を他のお客さんより厳しく見るってことになりませんか？　だって、以前に店の中で喧嘩騒ぎを起こした人でも出入り禁止になってないですよね」

言い切った穂をしばらく黙って眺めて、シンは喉《のど》の奥で小さく笑う。

「確かにな。そういうことになるのか」

「なると言いますか、オレがそう感じただけですけど」

「いや、ミノルが正しい。俺が、対処を間違えかけていた。——まさか、本当に来るとは思ってなくてね」

ため息混じりの声に、穂は怪訝に首を傾げる。

「彼女の方は、何か約束したみたいに言ってましたよね？」

「向こうが高校生だった頃にバーをやることになったのを知られて、しつこく連れて行けとねだられたことがあるんだ。二十歳未満は入店させないと断ったのを都合よく解釈したんだろうが、まさか本当に来るとは思っていなかった」

「えっ？　でもヒロくんて呼んでたし、親しいんじゃあ……？」

「ユイの母親が母方の従姉だった関係で、盆暮れに曾祖母のところで顔を合わせていた程度だ。妙につきまとわれたのは確かだが、三年前に曾祖母が亡くなったのを最後に没交渉になっていた。……何しろ、名乗られてもすぐには思い出せなかったくらいだ」

珍しくうんざりしたような口調で言うシンに、穂は目を丸くする。つまり、シンにとっては親しい相手とは言えないわけだ。

今夜のシンがいつもと違って見えたのは、いきなり現れた「親類」に困惑していたせいなのか。その考えは最初から嵌《は》めるべき場所が決まっていたパズルのピースのようにぱちりと収まった。この人でもそんなふうになることがあるのかと、新発見した気分になる。

「……でも彼女、マスターの恋人になるって言ってました、よね？」

「冗談だろう。子ども相手に恋愛する気はないぞ」

「だけど彼女、二十歳だって」

「初対面のスタッフに八つ当たりをするような人間を、大人だとは思わない」

端的な言葉に、すんなり納得する。それを大人の定義とするなら、確かに彼女は対象外だ。

「ミノルの言う通り、通常の客として扱うとしよう。——それはそうと、ミトウさんに絡まれていたようだが」

さらりと耳にした前半部分に納得したあと、後半部分でやはり見てくれていたのだと実感してほっとした。

「本当に絡みたい相手はオレじゃなかったみたいですよ」

「カズキさんか。ハルカを見た覚えがないが、迎えには来たんだろう？」

「来られたのを、友部さんが外で待つように言ったみたいです。周りから過保護扱いされるのが恥ずかしかったみたいで」

続けてミトウとの会話を簡単に告げると、穂はシンを見た。

「全然諦めてないっていうか、かえって行動に出そうな気がするんですよね。友部さんの気持ちもわかるけど、やっぱり店の中までハルカさんに来てもらった方がいいと思うんです」

「伝えておこう。ここだけの話でもないが、ミトウさん相手となるとカズキさんの方が分が悪い。油断しない方がいい」

シンの言葉に、穂は何度も頷く。

素面《しらふ》の時の友部は、穂の心配などまったく無用のしっかりした大人の男だ。それが、ほろ酔いになるといつも以上に人懐っこくなる。知人友人から声がかかると気軽に話しに行ってしまうだけならまだしも、無防備なまでに素直になるのだ。おまけに、一定の酒量を越えるとそこいらで寝入ってしまうらしい。そこにつけ込まれたらと、考えただけでぞっとした。

友部を意識している客は他にもいるが、彼らは長谷に遠慮しているからか少々悪戯をする程度で罪がない。引き替え、ミトウでは相手が悪すぎる。

恋愛対象に性別を問わないのはいいとしても、目をつけた相手に即手を出すらしいのだ。相手の同意が取れない時は酔い潰してお持ち帰りというのが常套《じょうとう》手段だという。

シンははっきりとは言わないが、単なる噂でなく実際に被害者がいるようなのだ。シンが目を光らせているためか「Magnolia」ではそれらしい素振りを見せないが、他のバーやクラブでは現場を見たという声もあるらしい。

「友部さん本人に、直接言ってみてもいいんですけど……たぶん、考えすぎだって笑われて終わる気がするんですよね」

「自分の顔が怖いせいで周りに警戒されると思ってる人だからな。まあ、確かにあれだけ目の力が強ければやましい奴は近づきたくないだろうが」

「年齢《とし》相応の、すごくいい顔されてるとオレは思うんですけどね。そのへん、客観的に自覚してもらえたらいいんじゃないかと」

「まあ無理だろう。あのバランスこそがカズキさんなんじゃないのか」

相談混じりの台詞へのシンの返答には妙に説得力があったけれど、問題解決にはほど遠い。どちらからともなく顔を見合わせて、互いにカップを手に取る。とにかく注意はしておこうと、共通認識を新たにした。

7

人が近づく気配を感じて、すぐに顔を上げた。

「モスコミュールお願いします」

測ったようなタイミングでカウンター向こうに立った女性は、おそらく穂と同世代だ。仕事帰りらしいまだ着慣れない雰囲気のスーツ姿で、こちらを見て小首を傾げている。確か先週にも一度見た顔だ。

「かしこまりました。少々お待ちください」

笑顔で返して、すぐに準備に入った。ウォッカとライムジュースにジンジャーエールをグラスに入れ、軽くかき混ぜてからスライスしたライムを縁に飾る。じっとその手元を見ていた彼女は、グラスを差し出す前に金額ちょうどの硬貨をカウンターに載せた。

細い背中がグラスを手に席へと戻っていくのを眺めて、穂はため息を押し殺す。洗い物に戻りながら横目に窺うと、シンは何かを確かめるようにカウンター後ろの棚を見上げていた。

その背中が真正面に見えるカウンター席では、すっかりそこが定位置になったユイが頬杖をついている。視線はやはりシン一直線だ。

――初めて彼女がこのバーにやってきてから、今日で二週間になる。

初日に潰れたのを家族に咎《とが》められたのか、あれ以来、彼女のオーダーはほぼノンアルコールカクテルのみになった。開店直後に現れるのは変わらないが、二十三時前には店を出るのが恒例となっている。

彼女のオーダーは原則シンが受けるため、穂と絡んだのはあの日だけだ。おかげさまでと言ってもいいのかどうか、この二週間はとても平穏にバイトに専念できている。

ビルドのみとはいえ基本のカクテルはすべて覚えたし、オーダーにもすぐに対処できるようになった。最近はあえて穂にオーダーしてくれる常連客も出てきていて、気が張るながら楽しいと思うことも多い――のだが。

「ミノル。悪い、上の倉庫からいくつか取ってきてほしいものがあるんだが」

「あ、はい！　すぐ行きますっ」

即答し、メモ用紙を受け取った。カウンター奥の棚に押し込んでいた上着のポケットから鍵だけを引き出し、運搬用に使っている手持ちつきの籠《かご》を持ってカウンターの外に出る。

地上に上がり、いつもの癖で階段室に入ったところでエレベーターでよかったのにと気づく。まあいいと思い直して上へと向かいながら、先ほどモスコミュールをオーダーした女性客の、まだ新しいスーツを思い出した。

――就職活動は、予想以上に難航していた。ハローワークに日参し、履歴書を作り面接を申し込んで、受け取った不採用の返事の数は十日目に数えるのをやめた。中には面接にすら辿りつけないこともあって、少しずつ気持ちの中に重いものが積み重なってきている。

これからどうなるんだろうと考えると、胸の奥が冷たくなってくる――。

「マスターの方も、なかなかいい人が見つからないとは言ってたけど……」

明日にも「決まった」と言われるかもしれないのだ。これまでの状況を思えばバイト先は確保しておくべきで、そうなると就職先と同時にバイト先を探すことになりかねない。

四階で足を止め、階段室を出て自宅に入る。北側の部屋でメモに書かれた品を探しながら、ふっとカウンターの彼女――ユイの面影が脳裏に浮かんだ。

「バイトとか、してないのかな。っていうか、あれ以来ここに日参してるってことは飲み会とかコンパにも出てないってこと……?」

比較的安価なカクテルを選んでオーダーしても、杯を重ねれば金額はそれなりに嵩《かさ》む。毎日ともなればかなりの額になっているはずだが、それでも構わない環境にあるということか。

「まあ、余計なお世話か」

穂に構わなくなったというより、つまりは完全に無視されているのだ。そんな相手に気にかけてほしくはないだろう。

籠の中の品物とメモの中身を照らし合わせて、名称と数を確認する。間違いないのを確かめてから玄関の外に出て、手早くドアに施錠をした。エレベーターを使うべくそちらへ向き直りかけたところで、一メートル足らずの距離にいた人影に気づいてぎょっとする。

このビルは地下から二階までがテナントで、三階から上は賃貸になっている。とはいえ、夕方から夜中まで働いて朝方帰宅する生活だからか、穂は滅多に住人とは会わない。

そして、その人物はここの住人ではない。十日に一、二度の頻度でバーにやってくる客で、顔見知りの相手からノリと呼ばれていたはずだ。つい三十分ほど前に穂にカクテルをオーダーし、あとは奥のソファで飲んでいた。

「あ、の……どうなさったんですか?　どうして、ここに」

「ふーん。ミノルってここに住んでたのか。目と鼻の先なんだな」

「違いますよ。ここはマスターが借りてる倉庫です」

興味深そうに背後のドアを眺める様子に、不審を覚えた。表札は出さない方がいいと忠告してくれたシンに内心深く感謝していると、彼――ノリは穂に視線を戻して目を見開く。

「そうなの？　忘れ物を取りに来たとかじゃなく？」

「マスターの指示で必要なものを取りに来ただけです。気になるならマスターに確認してもらってもいいですよ」

「えー、まじで？　ラッキーだと思ったのになあ」

妙に悔しげに言うのを聞きながら、これもシンに報告しておくべきだろうかと少し悩む。動いた拍子に籠の中で瓶《びん》同士が擦れ合う音がして、穂は我に返った。

「すみません、オレ急いで戻らないとまずいんで、これで」

ここは逃げてしまえとばかりに横をすり抜けようとしたら、いきなり肘を摑まれた。

「待ってよ。ちょっと話すくらい、いいだろ」

「……今は仕事中ですので。お話ならバーに戻ってから――」

「あそこだとろくに話せないじゃん。ずっと機会狙《ねら》ってたのにカウンターから出てこないし、それ以前にミノルは特定の相手としか長く話さないだろ。カズキさんとかハルカさんとかさ」

拗《す》ねたように言われて、返答を失った。

シンもそうだけれど、カウンターの中に立つスタッフは基本的に聞き役だ。友部や長谷相手の時は気安くなるのは確かだけれど、言われるほど長話をした覚えはない。

第一、目の前の男はオーダーの際にも必要最低限しか喋《しゃべ》らなかったはずだ。親しくもない相手に構ってほしいなら、そもそも行く店を変えるべきだろう。

「ハルカさんとつきあってるって聞いてた時からずっと、可愛いと思って見てたんだ。別れたって聞いてチャンスだと思った時にはもうカズキさんが傍にいて、結局機会が摑めなくてさ。バイト始めてくれたから今度こそ話せるって楽しみにしてた」

立て板に水とばかりに続く言葉に呆気に取られて、穂はその場に立ち尽くす。その顔を覗き込むように、ノリは続けた。

「ハルカさんと別れてからは誰ともつきあってないんだろ？　だったら僕なんかどう？　可愛がってあげるからさ」

軽い言葉を聞いて、全身にざあっと鳥肌が立った。――そんな台詞、ろくに知りもしない相手から言われても不快なだけだ。

摑まれた肘をぐいと引かれて、反射的に振り払う。その時、穂の脳裏を過ったのはシンの面影だった。

――早くこの籠を持って行かないと、きっとマスターが困ることになる。

思った時には、固い声が出ていた。

「お断りします。今はそういうの、考えてないですから」

「だったらこれから考えてよ。返事は待ってもいいからさ」

性懲りもなく伸びてきた腕から距離を取るように、穂は軽く後じさる。それへ、窘《たしな》めるような声で言われた。

「何も逃げることないだろ？　もちろん、すぐに決めろとは言わないよ。もっと僕のことを知ってもらったら、気持ちも変わるはずだしさ」

「あいにくですけど、そういう問題じゃないんです」

仕方がないと、腹を括《くく》ることにした。ここまで話しただけでよくわかったが、目の前の相手と気が合う時は今後来るとは思えない。

「オレ今は就職活動中で、『Magnolia』ではバイトなんです。いろんな意味でいっぱいいっぱいなんで、そういうスキキライを考えてる余裕はないです。待ってもらっても無駄になるので、諦めてください」

「えー、けどちょっとデートするくらいの時間はあるだろ？」

「ない、です。あるなら就活するかカクテルの勉強します」

「とりあえずつきあってみようよ。そうすれば僕のこともわかってくるだろうしさ」

「……恋人はいなくても好きな人はいますから、他の人とつきあうとかは考えられません。そういうことなんで、お引き取りください」

楯突《たてつ》く勢いで言い返していると、さすがにノリが眉を寄せた。

「しょうがないなあ……だったらまずは友達からでいいよ」

「緊急事態でもないのにバイトの邪魔をする人を、友達と呼ぶ気はありません。戻りが遅れた理由としてマスターに報告しますから、そのつもりでいてください」

「え、うわ、いや待ってよ！　ちょっと話しかけただけだろ？　何もそこまでしなくても――ああ、じゃあ今日はこれで退散するから！　ひとまず友達ってことでよろしくっ」

顔を顰めていた相手は、表情を変えず見返すだけの穂の様子に思うところがあったらしい。切り口上で言ったかと思うと、いきなりこちらに背を向けた。エレベーターに駆け寄ると、ちょうどこの階で止まっていた箱に飛び込む。

扉が閉じるなり、エレベーター表示に下降の印が出る。三階、二階と下りていくのを眺めながら、唖然《あぜん》とした。

「何だあれ……言い逃げ……？」

呆れたような感心したような気分で、穂は重い籠を持ち直す。その時、背後から聞き覚えのある声がした。

「ふーん。つまり、ヒロくんのお店でのバイトって都合のいい腰掛けってこと？」

「――……」

挑戦的というよりは、嫌みでしかない物言いに小さくため息をついて、穂は振り返る。そこには、予想違《たが》わず彼女——ユイがいた。どうやら、階段から上がってきたようだ。

「就職活動中なら、採用決まったらバイトはすぐやめるのよね。そんなの、ヒロくんにはすっごい迷惑なんだけど」

「……どうしてここに？」

「いっそのこと、とっととやめちゃってよ。バイトには私が入るから、あなたは就活に専念すればいいじゃない」

つん、と顔を背けた格好で言われて、つい苦笑がこぼれた。

「大学生には無理なバイトだと思いますよ」

「何よ、それ。どういう——」

「毎日、夜中まで仕事して昼間には大学に行くなんて、とてもじゃないけど身体《からだ》が保たないです。体力的にも結構きついですしね。……そうする必要があるとか期間限定ならともかく、そうじゃないなら無理はしない方がいいです」

笑みを作ってやんわりと言うことで、内心のむかつきを押し殺す。——要するに、バーでのアルバイトは二十歳の女の子が大学に通う傍らに十分こなせると思っているわけだ。

「余計なお世話。バイト先で男の人漁《あさ》って喜んでるような人に、何でそんなこと言われなきゃならないの」

「はあ……？」

「聞いてたわよ。さっきの人、誘惑したんでしょ。あなた男の人なのに、同じ男の人を」

揶揄《やゆ》混じりの侮蔑《ぶべつ》に、どきりとした。

「何だか変だと思ってたのよ。男のお客さんにやたらにこにこしてるし、媚《こ》びたりもするし。けど、びっくりしたわ。男の人を好きな男って、本当にいたんだ」

咄嗟《とっさ》に返事ができない穂を物珍しげにじろじろと眺めて、彼女は放り出すように言う。

「そんなのどうだっていいけど、ちゃんとわきまえてほしいのよね。迷惑だもの」

「迷惑、ですか」

「当たり前でしょ。大事なお店のバイトがそんなだなんて、迷惑以外の何だっていうの？」

投げつけられる言葉は悪意を含んでいて、しかもかなり感情的だ。

このまま話したところで収拾がつかなくなるのがオチだ。悟って、穂は籠を持ち直す。

「……マスターは、そんなこと言わないと思いますけど」

極力淡々と言いながら、彼女に背を向けエレベーターへ向かった。すぐさま追ってきた足音が、穂の前に回り込んで立ちはだかる。

すぐさま穂は踵《きびす》を返した。大股に階段へと向かう背中に、尖った声が投げつけられる。

「待ちなさいよ！　まだ話は終わってない――」

「静かにしてください。近所迷惑です。……今が何時だと思ってます？」

足を止め、顔だけ振り返って低く言う。悔しげな顔で黙った彼女を放置して、穂はとっとと階段室へ入った。数段下りたところで、追ってきた足音にシャツの背中を掴まれる。

「離してください。仕事の邪魔です。そういった話なら営業時間外にお聞きします」

「……っ、そっちこそ！　公私混同でヒロくんのお店をひっかき回さないでよっ。わざわざ知り合いまで呼んで、変な人が集まる場所にするつもりなの？」

「――どういう意味ですか、それ」

問い返したのは、横に並んできたユイの表情に先ほどとは別の色を見つけたからだ。それへ、彼女はムキになったように言う。

「ときどきあなたに会いに来る、何だかきらきらした――ハルカとかいう人と、一緒に来てる目つきの悪い人。男同士で恋人だっていうけど、気持ち悪いのよ。やたらべたべたしてるし、ずっとくっついてるし！」

「はあ……？」

突きつけられた言葉に、どうして友部と長谷のことが出てくるのかと思った。瞠目《どうもく》した穂を好都合とばかりに見据えて、彼女は続ける。

「おまけにそのハルカっていう人、前はあなたとつきあってたっていうじゃない。何でそんな人の恋人と仲良くできるの。おかしいんじゃないの？」

「あなたには、関係ないことだと思いますけど？」

「まあ、あの目つきの悪い人なんかは、あなたを味方にしておきたいだけなんだろうけどね！

男同士っていうだけで変なのに、恋人っていうわりに釣り合いが取れてないし！」

「――いい加減に、してくれませんか」

最後のその言葉を聞いた瞬間に、辛うじて堪《こら》えていたはずの何かがぶつんと切れた音を聞いた。シャツの背中を掴む指を乱雑に振り払って、穂は鋭く言い返す。

「何であんたにそんなこと言われなきゃならないんです？　変だの釣り合わないだの、そんなもんあんたが決めることじゃないでしょう。カズキさんのことも、ハルカさんのことも何も知らないくせに」

「何よ、開き直るの？　おかしいのはそっちじゃない、ヒロくんの大事な店に変な人連れ込んで常連だなんて、いい加減にしてほしいのはこっちの方よ！　そんな気持ち悪い人たちのたまり場にされるなんて、あんまりじゃないっ」

「だとしても、それを決めるのはあんたじゃない。マスターが『Magnolia』を大事にしてることとくらい常連なら誰でも知ってるし、おれみたいのが許せないんだったら最初からバイトに入れたりしない。そのくらい、ちょっと考えたらわかるんじゃないですか？」

「……っ、待ちなさいよ！」

辛うじて声を抑え、敬語を崩さず言い捨てた。そのまま階段を下りようとすると、またしても肘を摑まれる。

穂の二の腕にかじりつく彼女は、猜疑心《さいぎしん》の塊のような顔をしていた。

「――あなたがヒロくんに余計なこと言ったんじゃないの。最初の日はちゃんとこっち見てくれたヒロくんが次の日から急に他人行儀になって、名前だって呼んでくれなくなったけど、いったい何言ったの⁉」

「何も。お客さんはお客さんだと言っただけです」

「何でお客さん扱いなの⁉　だってわたし、ヒロくんの恋人になろうって、思って」

今にも泣き出しそうな顔に、「ああ」と思った。

二日目以降の彼女を、シンは徹底して「客」扱いするようになった。穏やかで丁寧に応対する代わり、けして特別扱いはしない。当然のことに、名前を呼び捨てることもない。

穂や長谷のような親しい男性客を呼び捨てることはあっても、女性客に対しては必ず敬語を使い、どんなに乞《こ》われても呼び捨てにはしないのがシンだ。結果、シン目当ての女性客たちは通常通りの様子に戻ったけれど、彼女にはそれが心外だったのだろう。

だからといって、穂に苦情を言われても困るのだ。出そうになったため息を無理に飲み込んで、穂は言う。

「そういうことはマスターに直接言ってください。オレには関係ないです」

「……さっき、好きな人がいるとか言ってたけど。まさか、ヒロくんじゃないわよね？」

上目に睨む彼女の目元が赤い。けれどその赤みよりも、ぶつけられた言葉の方にびくりとした。それをどう受け取ったのか、ユイはさらに目つきを険しくする。

「あの人たちを使って誘惑しようとか、そんなろくでもないこと考えてるんじゃないの。就活って本当にしてるの、実際は嘘ついてヒロくんに寄生する気じゃないの!?　そういうやり方を、あの人たちから教わったってこと!?」

「な、に言っ……」

「そんなことしたって無駄よ。絶対、相手になんかしてもらえないから。ヒロくんはあんたなんかとは違うんだから！　邪魔なだけじゃなくて迷惑なのよ、とっととバイトやめてよ！　ヒロくんにつきまとわないで！」

立て続けにまくしたてられた言葉に、目の前が真っ赤に染まった気がした。膨れ上がった苛立ちのまま、穂は摑まれた腕を振り払う。わずかにふらついた彼女の手がさらに伸びてくるのを避《よ》けて、階段を二段ほど下りた。直後、斜め後ろで小さな悲鳴が聞こえてくる。

すぐ傍を、何かが転がり落ちていく。数段先の踊り場に落ちてさらに転がり、踊り場の手《て》摺《す》りにぶつかって止まった。

時間が、凍ったような気がした。声もなく呼吸すら止めて、穂は踊り場に横たわったきり動かない小柄な影を見つめている。

「……牧田くん！」

聞き慣れた、声がする。それが誰かはわかるのに、振り返ることができなかった。視線は数メートル先の踊り場に釘付けになったままだ。

「牧田くん」

ぐるりと回った腕に、背中から肩を抱き込まれる。直後、傍をすり抜けた長身の影が身軽く踊り場に下りて彼女に近づいた。膝《ひざ》をつき、顔を覗き込んでいるのは長谷だ。低く、何か声をかけている。

「ハルカ、その子の様子は」

「見たところ大きな怪我はないようです。意識はありますが、頭を打っているかもしれません。ひとまずシンに連絡します」

「わかった。頼む」

高く細く、耳鳴りがする。そのせいか、長谷と友部の会話は奇妙に途切れ、間延びして聞こえた。音はきちんと認識しているのに、言葉の意味が理解できない。視界の先で、長谷が携帯電話を耳に当てて話し出すのが見えた。

「牧田くん、聞こえてるか？　落ち着いて、ゆっくり息しな。大丈夫だから」

すぐ近くで優しい声が言う、それと前後して強く肩を抱き込まれる。そうなって初めて、穂は自分が全身で震えていたことを知った。

「とも、べさ……な、んで、ここ、に……？」

「シンから、牧田くんが倉庫に行ったきり長く戻らないって聞いた。サボったりできる性格じゃねえし、何かあったはずだから見て来てくれって頼まれた」

「おれ、が」

耳元で言う友部の声が、やけに遠い。それなのに、掠《かす》れたような自分の声は妙にはっきりと聞こえていた。

「おれの、せいです。……おれのせいで、こんなことになっ——」

「牧田くん」と、もう一度呼ばれる。その声を聞きながら、穂は踊り場に横たわる姿を見つめていた。

8

カウンター席に目を向ける、癖がついた。

穂の定位置から離れたそこは、このバーでの特等席だ。腰を下ろしてまっすぐ前に目を向けると、たいていマスターと顔を合わせることになる。

ほんの一週間前まで水面下で開店直後から二十三時頃の間は必ず塞《ふさ》がっていたその席は、ここ最近、再び女性客の間で争奪戦になっているという。今日は常連のリオがそこに陣取って、シンの手が空くのを見計らってはにこやかな笑みで話しかけていた。

ユイと呼ばれていた彼女は、あの階段の件以降、ふっつりとバーに顔を見せなくなった。

怪我そのものは、捻挫《ねんざ》と擦り傷のみで全治数日と診断されたらしい。幸いなことに頭も打

っていなかったと、穂はあの日の深夜にシンからのメールで知らされた。

……あのあと、シンはバーを急遽《きゅうきょ》閉店した。従業員が客を巻き込んで起こした事故なのだからと、念のため救急車を呼び、搬送される彼女に付き添っていった。

穂は呆然《ぼうぜん》としながらもバーを片づけ、出入り口を施錠して自分の部屋に引き取った。その間もずっと、シンに頼まれたという友部と長谷が一緒だった。

ふたりとも翌日は通常通り仕事だと知っていたから、日付が変わった時点で大丈夫だから帰るように告げた。それでも友部は穂を気にかけて、午前一時過ぎまで傍にいてくれた。

真夜中にシンから彼女の状態を知らせるメールを受け取ってほっとしたものの、眠れないまま朝を迎えた。彼女に謝らなければと思いながらどう動けばいいのかわからず途方に暮れていたところに、病院帰りのシンが訪ねてきたのだ。

(寝てないな。何か食べたのか?)

玄関ドアを開けるなり眉を寄せた彼に問われて、何も言えず視線を外した。そのまま待っているように告げていなくなったシンが朝食を買って戻ってくるまで玄関先に座り込んで、もう無理だとそう思った。

(何があったのか、説明が聞きたい)

それに、穂は「自分のせいだ」と伝えた。軽くすんだとはいえ客に怪我をさせたバイトなど言語道断に決まっていて、だから解雇にしてほしいと訴えた。

シンは一言、「その必要はない」と言った。

（ユイは、自分で勝手に足を踏み外して落ちたと言っている。ミノルと言い合いになったのは事実だが、一方的に自分が絡んで摑みかかっただけだ、と）

思いがけない言葉に返答を失った穂を見据えて、シンは続けた。

（昨夜、ユイと何があった？　いったい何を言われたんだ）

（オレが、感情的になって彼女に八つ当たりしたんです。内容は大したことじゃないから）

（大したことじゃないなら言えるだろう？）

静かな声で、けれど鋭く問いつめられて、それでも頑《かたく》なに首を振った。彼女が口にした言葉のどれも、目の前の人に知られたくはなかった。

きちんと謝りたかったから、シンを通じて彼女に面会を申し込んだ。けれど先方は「自業自得だから」の一点張りで断ってきたとかで、結局応じてもらえなかった。

なのに、穂は未だに「Magnolia」でのバイトを続けているのだ。図々しすぎると、ありえないと知っていて、そうしていられることを喜んでいる……。

営業時間を過ぎたあと、後片づけをすませて帰り支度をしているところに、シンから朝食に行こうとの声がかかった。

「……今日はやめておきます。冷蔵庫の中に賞味期限が近いものがあるから、それを食べてしまわないといけないので」

恒例の誘いをぎこちない笑みで断りながら、穂はそろそろ言い訳に困りそうだと思った。

あの階段の件以来、仕事上がりにシンと朝食に行っていない。毎回、律儀なまでに誘ってもらっているのを理由をつけて断っている。そのたび物言いたげな顔をするシンは、けれど「そうか」と口にするだけで二度は誘ってこない。

――今日もそうなると、思っていたのに。

「今日は拒否権なしだ。業務命令だと思っていい」

「えっ……」

「行くぞ。忘れ物はないな?」

声とともに肘を取られて、何が起きたのかと思った。

初めてのことに頭がついて行かず、あわあわしている間にバーから連れ出される。十分後には、穂は馴染みの食堂でシンと席についていた。オーダーもシンがまとめてやってしまったため、目の前には朝定食が並んでいる。

促されて箸《はし》をつけたものの、戸惑うほど味を感じなかった。とはいえチェックするような視線を向けられては残すのもまずい気がして、穂はぼそぼそと食事を続ける。シンの方が食べ終えてしまっても、穂の膳《ぜん》はまだ半分以上残っていた。

「――食欲そのものが落ちてるようだな」

声に顔を上げるなり、椅子に凭れて軽く腕を組んだシンとまともに目が合った。

「このところ、急に痩《や》せただろう。ろくに食事を摂れてないんじゃないのか」

「……平気です。ちゃんと、食べます」

掛け値のない気遣いの言葉に、気持ちが崩れてしまいそうになった。寸前で堪えて、穂は箸を動かす。シンの顔を見ずにすむように、食事に集中しようとした。

「ユイとのことは、もう忘れろ。本人が、自分の不注意だったと言ってるんだ。ミノルが気にすることじゃない」

「――だとしても、原因を作ったのはオレです。そもそも倉庫に探し物に行っただけなのに、すぐ店に帰らなかったから」

ノリを相手にせずさっさとエレベーターに乗っていれば、彼女と鉢合わせたりしなかった。鉢合わせたとしても、おとなしくエレベーターを待ってさえいれば。あんなふうに感情的にならず、最後まで受け流していたら。摑まれた腕を無理に払ったりしなければ――。

どこかで行動が、あるいは言葉が違っていたら、きっとあんなことにはならなかった。何より、あの時の行動のすべてがバイト中にすべきものではなかった。

「仕事中にをサボって感情的になってお客さんと言い合いをして、あげく怪我までさせたんです。彼女が許してくれたからといって、それで終わりにしていいとは思えません。……やっぱり、バイトはやめさせてください」

「返事をする前に、訊く。具体的に、ユイは何を言ったんだ。揃って言いすぎたとしか説明しないのでは、こちらには状況がわからないだろう」

問答の繰り返しに、動いていたはずの箸が止まる。食欲が完全に失《う》せるのがわかって、穂はそっと箸を置いた。そのまま頭を下げて、「お願いします」とだけ告げる。

シンは、返事をしなかった。長い沈黙のあとで、ぽつりと言う。

「もう、食べられそうにないか」

「……十分です。ごちそうさまでした」

「よし。出ようか」

言うなり席を立った長身について腰を上げ、定食屋を出た。

そろそろ通勤時間帯にかかるようで、駅へと向かう人影がちらほらと見えている。春の朝そのものに澄んだ日差しの中、そうした人影がやけに眩しく遠く見えた。

開店直後のパン屋に立ち寄るシンにつきあったあと、まっすぐにビル四階の部屋の前まで送られた。申し訳なさに礼を言って頭を下げると、その上に軽い感触が載る。何かと思えば、先ほどシンが買った包みだ。

「腹が減ったら食べるといい。仕事前の食事は用意するからいつも通り出てくるように」

「え、……でも、あのっ」

「これだけは言っておく。何もかもを自分の責任だとは思うなよ」

最後に付け加えられた言葉に、びくりと顔を上げていた。まっすぐなシンの視線にぶつかって、穂は胸苦しさに呼吸を詰める。

「ミノルが、生半可なことで感情的になるはずがない。俺はそう思ってるし、カズキさんやハルカも同意見だ。それでも原因を作ったのがミノルだと言うなら、誘因はユイにあるはずだ。――我慢できないほどのことを言われたんじゃないのか?」

「――――」

「客相手だから何があっても我慢しろと言うつもりはない。たちが悪い客相手の時は逃げていいんだ。ただし、事後報告は必ずしろ。でないと対策が立てられない」

俯《うつむ》き加減に唇を引き結んだまま、そういう言い方は反則だと思った。

シンはそれ以上追及しなかった。穂の背中をそっと押して、中に入るよう促してくる。

開いた玄関ドアを押さえてから、もう一度頭を下げて謝った。背中を向けては失礼な気がして後ずさりに入ろうとした、その踵《かかと》がわずかな段差に引っかかる。

うわ、と思った時には大きくバランスを崩していた。転ぶのを覚悟して身構えた一瞬ののち、強い力でぐいと引き戻される。

「前を向いて歩いた方がいいと思うが」

「あ、……」

低い声を、耳だけでなく触れた頬でも聞いた気がした。何が、と思い顔を上げて気づく。いつの間にか、穂は頬をシンの喉元に押し当てる形で抱き込まれていた。

自覚したとたんに、全身がぞわりと熱を帯びた。もうすっかり覚えていた、けれどいつもはもっと遠い匂いにくるまれて、穂は声もなく硬直する。

「怪我は？　足首を痛めてないか？」

「……っ、平気、です。あの、すみません！　マスターこそ、オレどっかぶつかったり足踏んだりとかっ」

「それはない。気にしなくていい」

言葉とともに、呆気なく体温が離れていく。それを名残惜しく思いながら、顔にも態度にも出さないよう必死で堪えた。

「おやすみ。また明後日《あさって》な」

「はい。……おやすみなさい」

どうにか答えた穂に軽く頷いてみせて、シンが外からドアを閉じる。間を置かず、ドアの前を離れていく足音を、穂はその場に立ったままで聞いていた。

足音が向かった方角は、エレベーターではなく階段だ。やがてドアが開閉する音とともに、廊下にあった気配が途絶えた。

ぐっと奥歯を嚙《か》みしめて、穂は玄関ドアを施錠する。U字ロックをかける音を自分で聞い

て、膝からかくんと力が抜けた。右半身と頭をドアに預け、胸にはパンの袋を抱えたまま、ずるずるとその場に座り込む。

——とんでもない、買いかぶりだ。冷たい床の上にうずくまったまま、穂はぐっと奥歯を嚙みしめる。

友部や長谷を、悪《あ》しざまに言われるのに腹が立った。自分でもまずいと思いながら、どうしても許せなくて言葉が止まらなかった。

それは事実だけれど、あくまできっかけだ。友部たちのことを言い合っていた時の穂には、まだ声を荒げないだけの冷静さがあった。

穂が耐えられなかったのは——聞きたくなかったのは、ユイが終盤で口にした言葉だ。

(さっき、好きな人がいるとか言ってたけど。まさか、ヒロくんじゃないわよね)

(絶対、相手になんかしてもらえないから。ヒロくんはあんたなんかとは違うんだから)

聞いた瞬間に、かあっと目の前が紅く染まった。大切に、こっそり胸の中に隠していたものを無理矢理引きずり出されたような感覚に、まったく周囲が見えなくなっていた。

正直に言えば、あの時のことはよく覚えていないのだ。あるいは彼女が気づかなかっただけで——それと認識していないだけで、穂が彼女を突き落としたのかもしれない。

……図星、だったからだ。友部と長谷が帰っていったあと、ひとりになってからそのことに気がついた。シンのことを、上司でなく知人としてでなく恋愛感情で見つめる気持ちが自分の中にあったことを、怖いほど凪《な》いだ中で認めた。

だからこそ、彼女のあの言葉を聞いて冷静でいられなかったのだと、思い知った――。

「……気づくのが遅すぎ」

ぽつんと落ちた声は掠れて、ほとんど音のようだ。自分で抱いた肩や頬には先ほどのシンの体温がかすかに残っていて、それが消えてしまうのが厭だと思う。

できることならずっと感じていたいと、叶《かな》わないことを願っている――。

「シャワー浴びて、早く寝て……昼前にはハローワークに行かないと」

ひとつひとつ口にしながら行動に移す。シャワーのあとの濡《ぬ》れ髪をタオルで拭いながら寝室に戻ると、ローテーブルの上に広げたままの履歴書が目についた。

面接のたび使い回す紙類は、一定の頻度を越えるとよれて汚れてしまう。それでは印象がよくないだろうと、新しいものを書き直していたところだったのだ。

まだ写真を貼っていない履歴書の上に転がるネーム入りボールペンは、大学卒業と就職祝いに友部から贈られた品だ。丁寧な作りとなめらかなフォルムだけで、それなりの品だと察しがつく。当初はもったいないと思っていたのに使ってみたら意外なくらいしっくりと手に馴染んで、今では穂の一番のお気に入りになっていた。

(恋人はいなくても好きな人はいますから、他の人とつきあうとかは考えられません)

ノリに告げたあの時、穂の念頭にあったのはシンではなく友部だ。一年ほど前に自覚したその気持ちを知るのは穂以外ではひとりだけで、友部本人には伝えるどころか匂わせたことすらない。

もう見慣れた、滑らかなフォルムから視線を外すのに、自分でもどうかと思うほどの気力が要った。そのままクローゼットへ向かい、手早く着替えを準備する。

シャワーを浴びて、寝る。今は、それしか考えたくなかった。


穂が長谷や友部と知り合ったのは、大学二年もそろそろ終わる冬だった。

入学早々からずっとバイトをしていた「はる」四号店の店長から、一号店に移ってほしいとの要請があったのだ。馴染んだ店で環境に不満がなかったから迷ったものの、アパートや大学からは一号店の方が通いやすいことに加えて、四号店店長の「あそこでバイトして損はないよ」の一言で背中を押されて了承した。

そうして挨拶がてら初めて出向いた一号店フロアで、穂は当時まだ会社員であり一号店の常連客でもあった友部と、シェフの長谷が険悪な言い合いをしている場面に遭遇した。

ランチタイムとディナータイムの間の休憩中で、当然ながら客はいない。しかし、だからといってこれはありなのか。呆気に取られて固まった穂にまず友部が気づいてくれて、穂は銀縁眼鏡の一号店店長——神野《じんの》と顔を合わせることになった。

（騒がしくて悪いけど、アレはうちの風物詩だから。できるだけ早く慣れてくれる？）

（ふーぶつし、なんですか）

それにしては怖すぎると言いそうになって、辛うじて飲み込む。そんな穂に、神野はにっこり笑ってみせた。

（ハルカはあれでうちのメインシェフだし、一基は常連客だけど半分ココの身内だから顔覚えてやって。あと、どっちも人当たりはいい方だから）

半信半疑で頷いた、その言葉の正しさはすぐに知れた。モデルか俳優かと思うような端麗な顔立ちとすらりとした長身の長谷はバイトの穂に対して意外なほど親身になってくれたし、友部の方も怖そうだという第一印象とは真逆の人懐こさで穂にたびたび声をかけてくれた。

一号店ならではの仕事のやり方には戸惑ったものの、慣れるのは意外に早かった。仕事を覚え、常連客の好みのメニューを頭に入れた頃に、穂は長谷への恋心を自覚した。

――自分の恋愛対象は同性らしいと、穂が気づいたのは高校生の時だ。気になる相手は同性ばかりで、女の子にはまったく興味が持てない。それはあまりふつうとは言えないということを、友人たちが彼女を作るたびに思い知らされていた。

そのままではまずい気がして何度かは女の子とつきあってみた。一緒に遊ぶのは楽しかったけれど感覚は妹といる時と同じで、好意の先に気持ちが進むことはなかった。最初は笑っていた女の子たちも次第に不満顔をするようになって、最後は同じパターンで破局した。

無理だと確信してからは、告白されても片っ端から断った。だからといって同性の恋人を作る度胸はなく、半端な片思いを繰り返しただけだ。そのスタンスは大学生になって実家を出ても変わらず、いいなと思う相手がいても遠目に眺めているだけだった。その続きのように長谷に告白する気はなかったし、恋人になりたいとは思いもしなかった。

長谷ほどの人なら、当然恋人はいるだろう。いなかったとしても、まだ学生の上に同性の自分が相手にされるはずがない。バイトの関係でそこそこ話すようになったとはいえ、それで親しくなったと思うほど自惚れてもいない。――そんなふうに割り切ろうとしていた穂に訪れた転機が、「はる」一号店で起きたつきまとい事件だ。

（あのお客さん、牧田くんのことばっかり見てるよねえ）

最初に異変に気づいたのは店長の神野だ。当事者のはずがすぐにはぴんとこずに、穂はきょとんと店長を見上げる。その様子を見ていた長谷が、呆れ口調で言ったのだ。

（ですね。席も、牧田の立ち位置に一番近いところに執着してるようですし）

訳知り顔の店長とシェフの会話を聞きながら、ようやく誰の話なのかに気がついた。

ここ二週間で連日ディナータイムにやってくるようになった、三十代半ばほどの男性客だ。言われてみれば確かに、穂の定位置近くのテーブルを指定席にしているような気がする。

とはいえ、常連客なら誰でもお気に入りの席はあるものだ。友部だって、奥の窓辺の席を定位置にしている。それだから、穂は怪訝に首を傾げてしまったのだ。

（立ち位置で言うと、絢《あや》ちゃんにも同じくらい近いですよ。って、絢ちゃんだったら困るからオレの方でいいのかもしれませんけど）

話題が出たのは休憩室兼男子更衣室だったから、女子大生アルバイトの絢子は当然のことに不在だ。それにしても不謹慎だろうと急いで言い換えた穂に、神野は呆れ顔になる。

（大丈夫って言っていいのかどうかは疑問だけど、間違いなく見られてるのは牧田くんだよ。視線追っかけてればわかる）

（ですけどオレ、男ですし）

（男の子って言っても牧田くん、可愛いからね。可愛い子をつけ回す変態って、世の中には案外生息してるものなんだよ。……ってことでコレ、念のためすぐ使えるように携帯しておいて。身辺にも注意して、ちょっとでも気になることがあったら報告よろしく）

念押しとともに神野から渡されたものがいわゆる防犯ブザーだと知って、「どうしろと」という気分になったのを覚えている。

神野の予測は的中した。——最初は遠慮がちだったはずのその男性客は少しずつ穂に声をかけてくるようになり、しまいには穂にしかオーダーを伝えなくなった。料理を運んでいくのも、神野なら黙っているところを絢子相手だと露骨に舌打ちをする。何かと穂を呼ぶよう言いつけるくせに、彼女から穂のシフトを聞き出そうと試みる。どうあっても彼女が応じないと知ると、今度は店の外で穂がバイトを終えて出てくるのを待ち伏せるようになった。

もちろん、最初の時点で客と個人的なつきあいはしないとはっきり伝えた。遠回しに客じゃなく恋人ならいいのかと訊かれた時は、ほかに好きな人がいるときっぱり断った。

その相手とつきあっているのかと問われて、即答できなかったのが失態だった。答えを悟った客に「恋人でないなら関係ない」「諦めるつもりもない」と宣言されてしまったのだ。

弱り切って神野に相談したら、それなら今後は神野か長谷が家まで送っていくと言われた。いくら何でもそれは迷惑すぎると固辞しても却下され、だったらバイトそのものをやめますと告げるとそれでは店が回らなくなると断られて、結局は好意に甘えることになった。

神野に対しては申し訳ないばかりだった帰り道は、けれど長谷と一緒だとこの上ない楽しみに変わった。つけてくる客を振り切るための遠回りや寄り道をしながらあれこれととりとめのない話をして、そのたび長谷との距離が縮んでいく気がしていた。

けれど、好きでもない相手から追い回されるのは精神的にかなりきつい。表面上は元気なフリをしていても気持ちが鬱々としてくるのはどうしようもなく、そんな頃に神野から「飲みに行かないか」と誘われたのだ。

店長の神野とシェフの長谷とバイトの穂に、常連客で神野曰く「半分身内」の友部という顔ぶれは、ある意味でとても関係性が複雑だ。神野と友部は十年来の親友同士だが、友部と長谷は顔をつきあわせると必ず口喧嘩になる。神野は長谷を「可愛がっている」と公言するが、傍目にはじわじわと追いつめているように見えることも多い。そして、友部には言いたい放題の長谷は、どういうわけだか神野の前では少々おとなしい。

こうなると、席順は歴然となる。神野の隣に友部、その隣に穂、さらに隣に長谷、だ。勢い、穂は主に長谷の相手をすることになる。

酔った長谷は、素面の時より口数が多い。何かと穂の頭を撫でてくる友部に対抗してか、穂の肩を叩いたり頬をつついてみたりする。そんな兄弟めいた接触にどきどきしていた時、長谷が中座した隙を狙ったように神野から耳打ちされたのだ。――長谷は手が早いから十分気をつけるように、と。

(何ですか、それ。あるわけないじゃないですか。だってオレ男ですよ?)

必死で抗弁したらがっしりと肩を摑まれて、真顔の神野からこんこんと説明をされた。

(ハルカってさあ、実は性別問わずの節操ナシで、おまけに今はフリーらしいんだよね。でもって牧田くんのことは気に入ってるだろ? 正直、ヤバいと思うんだよねえ。まあ、来る者拒まず去る者追わずだから、牧田くんから近づかない限りは大丈夫だと思うけど)

貶《けな》しているともフォローしているともつかない言い分には、無難に「そうなんですか」と返したものの、今思い出してみればあの時は神野も穂も自覚なしに酔っていたと思う。

お開きのあと、ご機嫌な神野は友部を引きずって飲み直しを宣言し、長谷は穂に「帰るなら送ろう」と申し出てくれた。そこで頷いた時点でもう、結果は見えていた。蓄積されていた精神的な疲れとアルコールの勢いに後押しされ、神野が言った「長谷は穂が気に入っている」との言葉で助走をつけた形で、気がついた時には穂は長谷に告白してしまっていた。

（それ、本気で言ってるんだよな？）

人気《ひとけ》のない夜道の片隅で、かなり飲んだはずなのに平然としたままの長谷に問われて、夢から覚めた気持ちになった。後悔と混乱で言葉を失った穂を身を屈めるように覗き込んで、長谷はさらりと言ったのだ。

（俺、今フリーなんだけど。お試しのつもりでおつきあいしてみる？）

恋人になろうかと言われたら、きっと怖《お》じ気付いてしまっただろう。けれど「お試し」と言われてしまったらもう、頷くことしかできなくなった。

「恋人」になった長谷は、穂が戸惑い狼狽えるほど優しく甘やかしてくれた。会った時はもちろん、バイトの時でも時間さえ合えば必ず送り迎えしてくれたし、会えない時はまめにメールや電話をくれた。飲食代は「こっちが社会人だから」と多めに出してくれるのに、どこに行くにも何をするにもまずは穂の意見を確かめてくれた。ちなみに例のストーカーにも、つきあうことになった早々に面と向かって「俺が恋人になったから」と宣言してくれて、以降は「はる」ですらその男の姿を見ることはなくなった。

行きつけのバーだと言って「Magnolia」に連れてきてもらったのも、その頃だ。初めて訪れた大人びたバーで、長谷の遊び仲間だという華やかな人たちに「恋人」として紹介された時は、それが現実だとは思えないくらいだった。

自覚していなかったけれど、浮かれていたと思う。長谷から電話やメールを受けるたび、顔を合わせるたびにこの人が好きだと感じて、隣にいられることを喜んでいた。長谷の周りには男女を問わずもっときれいでそつのない人が大勢いて、それを痛感するたび何で自分なんだろうと違和感や疑問を覚えながら――自分でも意識せずに、見て見ぬ振りをした。

グラスの中の氷が溶けるのを、意識して見ることはそうない。けれど、動いた氷が音を立て、目をやった先で形を失っているのを知ることでそれと気づく。それに似て、目を逸《そ》らしていたところでどこかで必ず思い知らされる時が来る。――穂にとっての「その時」は、長谷と恋人になってもうじき一か月という頃にやってきた。

「Magnolia」で飲んでいる時に、長谷の携帯電話に着信が入った。一言断った彼はすぐさま離れていき、穂だけが席に残ったタイミングを狙ったように、声をかけられたのだ。

（ハルカとうまくいってるみたいね。どのくらい保ちそう？）

ローズピンクの口紅が似合う彼女はここの常連で、顔を合わせれば必ず長谷に声をかける。媚びる色がないのに甘く響く声で、親しげに名前を呼び捨てる。

いつもかすかな苛立ちを覚えるはずのその声に、揶揄の響きを感じた。目には見えないどこかで、溶けた氷が音を立てて形を変え、それまで辛うじて隠していたものを露わにした。

そんな気がして、今回ばかりは受け流せなかった。

（どういう、意味ですか？）

問う声が、自分の耳にも途方に暮れたように聞こえた。そんな穂に、彼女ははっとしたように目を瞠る。

（ごめんね、間違えたみたい）

言うなり逃げるように離れようとした彼女を、必死で呼び止めた。迷うように言いよどんでいた彼女は、穂がそれなら他の人に訊きに行くと口にすると躊躇いがちに教えてくれた。

曰く、長谷の恋愛は長続きせず短ければ数日、長くとも三か月で終わる。実は彼には忘れられない人がいて、その人以外には本気になれないらしい。

つきあっている相手がいる時は誰も相手にしない代わり、フリーの時に告白すればよほどのことがない限り恋人になれる。要するに、運とタイミング次第――。

（絶対本気にならないくせに、恋人でいる間はちゃんと大事にしてくれるのよ。浮気やわき見は絶対しないいし、完璧にエスコートしてくれるの。腹が立つのに嫌いになれないのよね）

とりなすように言った彼女は、穂も知っていると思っていたと謝ってくれた。

頭の中が真っ白になるくらいショックだったのに、妙にすんなり納得した。

長谷は確かに優しかったけれど、あまりに摑み所がなさすぎたのだ。丁寧な配慮や気遣いこそ伝わってくるけれど、逆に言えば「それ」しかない。

たとえば、友部とは平気で言い合いをする。険しく冷たい顔で荒れた言葉遣いをし、苛立ちや不快をあらわにする。神野に対しても、不満や呆れを隠さない。

そうしたいわゆるマイナスの感情を、長谷は穂にはけして向けない。不機嫌になることも不満を見せることもなく、自分の希望すら口に出さず大抵のことは穂の望む通りにしてくれる。だから、穂と長谷の間では口喧嘩どころか些細な行き違いすら起こらない。

傍目には、仲がいいと見えるのかもしれない。けれどそれは裏返せば長谷には穂に本音を見せる気がない、ということにならないか。——そう気づいてしまったら、長谷の態度はいかにもよそよそしいものにしか感じられなくなった。

そのままでは厭だったから、どうにか近づけないかと頑張ってみた。どうすれば不平不満をぶつけてくれるのか、本音を言う気になってくれるかと自分なりに必死で考えて、そのたび空回りしているのを痛感した。もう少しだけ、今度はもっと違う方法で、あとちょっとだけ。そんなふうに自分を鼓舞して一か月を過ごして、まったく変わらない長谷の態度に自分では無理なんだと思い知った。

別れを切り出した時にも、本当は願っていたのだ。あんなに大事にしてもらったくせに一方的なことを言う自分に、今度こそ怒ってくれないか。何が不満だと不機嫌になって、理由を問いつめてくれないだろうか。ちょっと待てと、考え直せと引き留めてほしい、と。

けれど、長谷は最後まで穏やかで、——残酷なくらいに優しかった。

(仕方ないな。けど、バイトまではやめるなよ？　神さんもミノルのことは気に入ってるんだしな)

たった五文字で終わってしまう恋だったのかと、思ったとたんに笑えてきた。結局、長谷にとっての自分はそれだけの存在でしかなかったのだ。

「はる」一号店でのバイトはそのまま続けた。バイト先にはつきあっているとは明かしていなかったし、穂もあの場所で働くのが楽しかったからだ。

けれど、一か月もすると耐えられなくなった。自分から切り出したくせに「別れた」ことがうまく飲み込めなくて、長谷の顔を見て言葉を交わすたびに気持ちの中の柔らかい部分を削られていった。まだ大丈夫、もっと頑張れる。自分に言い聞かせて思い切ろうとしても無理がきて、結局は「将来就きたい仕事に関係したバイトが見つかったから」と嘘をついて「はる」をやめた。そのあとは、彼がよく行く界隈に近づかないように気をつけた。

長谷に会う機会がなくなってほっとしたのに、同じだけ気持ちの一部が空っぽになった。もう終わろう、忘れようと自分に言い聞かせて何とか気持ちが落ち着いた頃に、穂は長谷がまず行かない曜日を選んで「Magnolia」に顔を出した。

長谷の噂話を聞いて、ちゃんと吹っ切れたと確認する。そのつもりで行ったのに、穂はそこで長谷に本命の恋人ができたらしいと聞いた。

だったら見てみようと、思った。それで今度こそ終わりにできるはずと覚悟して待っていたら、長谷の隣には友部がいた。

あり得ないと、思った。長谷に友部は似合わないとすら考えて、その直後に長谷が友部に向ける表情の豊かさを見せつけられた。

愕然《がくぜん》としながら、「そうなんだ」と今になって腑《ふ》に落ちた。

よく喧嘩をするというのは、言い換えれば何でも言える間柄だということだ。頭では納得できるのに気持ちが割り切れなくて、ふたりの仲に水を差すようなことを口走った。

(何がどう意外なんだよ)

冷ややかな声の長谷に切り捨てられて、初めて向けられた感情が「それ」だということがひどく痛かった。謝らなければと思いながら声が出ずにいたら、友部が穂を庇ってくれたのだ。長谷を叱《しか》りつけ「反省しろ」と言い放って、あとはずっと穂の傍にいた。

友部と連絡先を交換しながら、度量が違いすぎるんだと改めて思った。あの長谷を子ども扱いできる人に敵《かな》うはずがないと思い、長谷の表情の豊かさを目にして、だから自分では無理だったんだと思い知った。

その後は、長谷抜きで友部とだけ会う機会が増えた。最初は長谷を思い出して痛かった気持ちが次第に友部といる楽しさに変わっていくのを感じながら、自分の中に残っていた長谷への感情が少しずつ過去になっていくのを確かめた。一年が過ぎる頃には長谷が近くにいてもほろ苦い気持ちが掠めるだけになって、これで終わったんだと自分でほっとした。

その状況で次に好きになったのが友部なのだから、我ながら救いようのない馬鹿だ。

告白したところで友部を困らせるだけだと知っていたから――友部にとっての自分が弟分

でしかないのは目に見えていたから、歳の離れた友人のスタンスでいようと決めた。大丈夫、誰にも気づかれずうまくやれる。自分にそう言い聞かせながら、胸の奥で諦めたくないと叫ぶ声を必死で抑えつけていた。そんな穂に、気づいてくれた人がいたのだ。

去年の夏前に、穂は「Magnolia」で偶然友部と出くわして一緒に飲んだ。その時は珍しく友部が潰れてしまい、諸々《もろもろ》の事情もあって、明け方にバーを閉めたシンと一緒に自宅まで送っていくことになった。

無事友部を送り届けた帰り道、成り行きで一緒に朝食を摂っている時に、シンから言われたのだ。たった一言、「ミノルは大丈夫なのか」と。

静かにこちらを見るシンの表情に、バレているのだと悟った。

友部や長谷には内密にしてほしいと頼み込んだ穂に、シンはあっさり頷いた。どこで気づいたのかと訊いたら「見ていたらわかった」と告げられて、その瞬間、無理矢理に奥へと押し込めていた感情が一気に溢《あふ》れてしまった。

穂がこぼす行き場のない気持ちを、シンは静かに聞いていてくれた。堪えきれず最後にこぼした涙に気づかないフリをして、ただ泣かせてくれたのだ。

(気にしなくていい。もう忘れたしな)

あれ以来、シンとの間でその話はいっさい出ない。それでも、「知っていてくれる人がいる」と思うだけで穂はずいぶん落ち着くことができた。一か月、二か月、半年と時間をかけて友部への気持ちを整理し、弟分としての自分を素直に受け入れられるようになった。

シンにとって、あの出来事はきっと、バーにやってきた客の愚痴を聞き流すことと大差なかったのだろう。あるいはあの日、「Magnolia」閉店まで友部に付き添った穂への礼だったのかもしれない。

けれど、穂にとってはとても貴重な転機だった。だからこそ、いつか何かの形でお礼をしたいと思っていたのだ。

シンに対する好意は、もちろんあった。けれどそれはあくまで行きつけのバーのマスターに対して客が抱く範囲のものだ。それが、知らない間に恋愛感情に変わってしまうとは思いも寄らなかった……。

眠れないまま寝返りを打って、穂は白い天井を見上げる。数時間後には起きてハローワークに行かなければならないのに、どうしても頭の中が落ち着かない。

考えたところで、どうしようもないことなのに。

天井を見たまま両腕で目元を覆って、吐息のような自分の声を聞いた。

「何で、よりにもよって……」

長谷が相手の時は、最初から自分には届かない予感がしていた。

友部を好きになった時にはもう彼の隣には長谷がいて、だから割り込めるなどとは思いもしなかった。

そして、三人目がシンだ。大人の女性が好みで、つまり同性には興味のない人。狙ったみたいに手の届かない人ばかりだと、思うだけで笑えてきた。二度あることは三度あるという諺《ことわざ》は、どうやら正しかったらしい。

——いくらシンにいいと言われても、このまま穂がのうのうとしていていいはずがない。ユイの怪我の原因が何であれ、営業中に客とトラブルを起こし、バーに迷惑をかけたことに変わりはないのだ。バイトだろうと、何らかの罰則があって然るべきだろう。

そう思いながら、シンのバイトは辞めさせないという言葉に安堵《あんど》している。信じてもらえているると、少なくともバイトとして嫌われてはいないと、胸の中で喜んでいる。

そんな自分は許せないのに、本当のことも言いたくない。長谷や友部への暴言を説明としてでも口にしたくない以上に、あの時自覚したこの気持ちを知られたくはない。そんな勝手な理屈で、経緯を黙ってくれているユイに感謝までしている。

「さいってい……」

一番いいのは、できるだけ急いで仕事を見つけて辞めてしまうことだ。

そう考えて、それも厭だと思っている。もう少しだけでいいから傍にいたいと考えてしまう。そういう身勝手すぎる自分に、自分でも呆れた。

9

ほとんど眠れないまま午後に起き出し、軽く食事をしてからハローワークに出向いた。求人情報を調べて窓口で相談し、明日の昼過ぎに面接の予定を入れてもらって、ひとまずほっとする。

今夜は「Magnolia」が休みになるため、明日の夕方までは自由な時間だ。いつもは友人との約束や買い物のために出掛けていたが、今日明日はこれといって予定がない。かといって、部屋でひとりで過ごす気にもなれない。

映画でも観に行こうかとスマートフォンをチェックすると、数分前にメールが入っていた。友部からで、今日の夕方から夜は空いているかというものだ。

時刻は午後二時を回ったばかりで、洋食屋「はる」は営業時刻中のはずだ。首を傾げながら予定なしですと返信すると、一分と待たずに今度は電話がかかってくる。

『牧田くん？　今日はバー休みだろ。おれも休みなんで、一緒に夕飯でもどうかな』

「行きたいです！　っていうか、行きますっ」

咳《せ》き込む勢いで即答すると、通話先の友部は笑ったようだった。

『了解。んじゃ夕方……そうだな、六時前には牧田くんちまで迎えに行くから』

「そこまでしなくていいですよー。行き先の最寄り駅とかで待ち合わせにしませんか」

『そっか？　んじゃ前に待ち合わせた駅前広場にするか。近くにうまい料理屋があるから、そこで夕飯にして飲みに行くってことで』

「はい！　ありがとうございます、楽しみにしてます」

礼を言って通話を切りながら、つい頬が緩んだ。同時に心配をかけているのだと思い直して、しっかりしようと自分を叱咤《しった》する。

あの階段の件以降、友部は以前にも増して穂を気にかけてくれるようになっていた。メールや電話は明らかに増えたし、バイト先のバーにもふだんより少し長居をする。

なのに、階段の件はいっさい口にしない。ただ、いつもと同じ顔で見てくれているだけだ。それが友部という人だと、穂は知っている。片思いのまま気持ちを終わらせることができた今、彼が自分を気遣ってくれることや弟分扱いしてくれることがとても嬉しかった。

だからこそ、余計な波風は立てたくないのだ。

友部と長谷とシンは親しい友人で、穂はそのオマケのようなものだ。今のバイトも、三人の好意に寄りかかって入れてもらっている。その立場で、無用な罅《ひび》を入れたくはない。けして叶わない気持ちだとわかっているから、なおさら。

友部が連れて行ってくれたのは、これまで穂には無縁だったいわゆる小料理屋だった。

大学生の頃に外観と品書きだけを眺めて、「高そうだからよそう」と通り過ぎていた類の店だ。今回も、友部が連れでなければ入れなかったに違いない。

魚介類を主にした和食メニューは居酒屋料理とはひと味違っていて、アルコールは控えめに味わって食べた。シメにお茶漬けを平らげて、店を出てから精算する。今日こそはと「オレもう学生じゃないです」と割り勘を主張したのに、「社会人一年生との割り勘はあり得ない」とかで四分の一しか出させてくれなかった。

「だったら次んとこで一杯奢ってくれるか？　ちょい高めのオーダーするからさ」

「お願いします！　ちょいじゃなくて、結構高めでもOKですよ」

「つくづく律儀にできてんなあ。ま、牧田くんのいいとこだけどな」

にやりと笑った友部につつかれながら、夜の繁華街を歩いて移動する。気温はすっかり春に移っていて、上着を羽織らず持ち歩く人も多い。

友部が連れて行ってくれたのは、バイト先のバーからやや離れた通りにあるショットバーだった。薄明るい店内を照らす光は人工的な色味で数種類あり、それを引き立てるためにかテーブルや椅子はモノクロで揃えられている。どことなく近未来的なイメージが強いこのバーは、以前長谷が行きつけにしていた場所なのだそうだ。

バイトの参考にカウンター席に行こうかと言われたけれど、間が悪く二席続きでの空きがなかった。買った酒を手に店内を歩いて、最終的に奥のテーブル席につく。

明日面接に行くことになったと話すと、友部は「そっか」と目を細めた。

「どうなるかはわからないんですけどね。オレ新卒で職歴ないし、それがプラスに出るかマイナスに出るかは微妙みたいで」

「んー……こればっかりはなあ。キツいとは思うけど踏ん張れよ。牧田くんならいいとこが見つかるはずだ」

断られ続けて落ち込んでやさぐれ気分になっていたはずなのに、言われたことがすんなり落ちてくる。これは間違いなく、相手が友部だからだ。

……友部本人も、事情があって前職を辞めたあと「はる」に就職するまではかなりきつい思いをしたはずだ。当時「はる」のバイトだった穂の前ではいつも飄々《ひょうひょう》としていたけれど、日に日に表情が固くなっていくのが見ているだけでわかった。

「キツくなったら無理せず連絡しな。愚痴聞くくらいはつきあうからさ」

「ありがとうございます。そう言っていただけるだけですごく楽になります」

笑顔で礼を言いながら、友部の気遣いが心底身に染みた。

「あ？　……ああ、ちょいごめんな」

視線を落とした友部が、取り出した携帯電話を操作する。何事か話し出したのを耳にして、どうやら相手は「はる」の関係者らしいと気がついた。

仕事の話を横で聞いているのもどうかと思えて、穂はそろりと席を立つ。友部には唇の動きで「お手洗いに行ってきます」と伝え、頷くのを確かめてテーブルから離れた。

レストルームで用をすませ、フロアへと続く通路に出る。――その時、いきなり目の前に人影が現れた。避ける暇もなくまともに肩がぶつかってしまい、力負けした穂は傍の壁に右半身をぶつけることになった。

「あ。ごめん。気がつかなくて」

軽く言った人影が、どういうわけか床にしゃがみ込む。胡乱にそちらに目を向けると、床の上にあったスマートフォンを拾い上げたところだった。

え、と思い上着のポケットを探って気づく。覚えがあるのと思えば当然で、穂のスマートフォンが落ちてしまったようだ。

「ありがとうございます、それ、オレの――」

「ふーん。こういう地味なのが趣味なのか。ちょっと意外」

手の中のスマートフォンを、返すどころかじろじろと眺めて人影――ノリは言う。

どうしてこの人がここにいるのかと、眉を寄せていた。顔を上げ、穂のその表情を認めたノリは可笑しそうに笑う。

「偶然だね。ミノルもよくここに来るんだ？　それにしては、ここで会うのは初めてだけど」

「……オレはここ、初めてですから。ノリさん、はよく来るんですか」

「大抵は『Magnolia』だから、こっちは時々ね。雰囲気はこっちの方が好みなんだけど、

『Magnolia』にはミノルがいるから」

「はあ……あの、すみませんけど。それ、返してもらっていいでしょうか」

へらへらと言いながら、彼は穂のスマートフォンを握りしめたままだ。業を煮やしてはっきり口にすると、もったいぶった仕草で手の中のそれを眺め下ろす。

「でもこれ、僕が拾ったんだよ。拾得物って警察に届けるのがふつうじゃなかったっけ？」

「それは落とし主がわからない場合ですよね？　それはオレのです。さっきぶつかった時に落としたんです」

「本当に？　カバーにしてもストラップにしても、ミノルの趣味だとは思えないけどなあ」

「趣味がわかるほどノリさんとオレは親しくないでしょう。返してください」

のらくらと言われて、さすがにムッとした。強い口調で言った穂に、ノリはわざとらしく目を見開く。

「うわ、怖っ。ミノルってそんなキャラじゃないよね？　っていうかさ、ここで会ったのも縁ってことでせっかくだから一緒に飲もうよ」

「遠慮します。オレは連れがいますから」

前の時にも思ったけれど、この男の話し方はどうにも苦手だ。ひどい言い方なのは承知しているが、剝《は》がしたあとにもしつこく残る粘着テープの痕《あと》のようだと思う。

うんざり考えたあとで、この男のことをシンに報告し損ねていたのを思い出した。念のため、明日にでも伝えておいた方がいいかもしれない。

「その連れって人がＯＫすればいいわけだ。だったら訊いてみようか」

「……はあ？」

ぽかんとした穂に胡散臭い笑顔を向けて、ノリはいきなり歩き出す。相変わらず、穂のスマートフォンを手に握ったままだ。

「ちょっ……待ってください！　それ、返してっ」

慌ててあとを追いかけながら、穂は違和感に眉根を寄せる。どのテーブルにいたかを話したわけでもないのに、ノリはまっすぐに友部がいるテーブルに向かって歩いているのだ。

どういうことかと進行方向に顔を向けて、目を疑った。覚えのある壁際のテーブルには、人影どころかグラスすら残っていなかった。

穂のスマートフォンは一度も鳴っていない。そして、友部は連絡もなしで勝手にいなくなるような人ではない。帰らない穂を気にして探しているなら、どこかで必ず行き合ったはずだ。

「誰もいないね。カズキさん、先に帰ったのかな」

辿りついたテーブルの前でにこやかに言われて、ぞわりと全身の鳥肌が立った。

連れがいるとは言ったけれど、それが友部だとは一言も口にしていない。なのに、なぜ知っているのか。

「……スマートフォンを、返してください」

とにかく友部に連絡をと、思ったとたんにノリに食ってかかっていた。

「怖いなあ。ミノル、そんな顔したらせっかく可愛いのが台無しだよ？」

「そんなのどうでもいいです。とにかく返して――」

「カズキさんだったら電話しても出ないよ。この店の中にもいないしね」

さらりとした返答に、呼吸が止まった。そんな穂を笑顔で見つめて、ノリは言う。

「ちょっと場所変えようか。カズキさんの居場所はそのあとで教えてあげるから。ね？」


ノリに連れて行かれた場所は、先ほどのとはまた趣が違うバーだった。

「Magnolia」が広いフロアをそのままにグリーンでさりげなく目線を逸らしているのとは違い、ソファや飾り棚を使うことで個室仕様に仕上げられている。そのせいか、席について周囲を見回した時の閉塞感がかなり強い。

「待たせてごめんねー。代わりにここは僕が奢るから」

先ほどの店とここではシステムが違うとかで、穂を席で待たせていったん離れていったノリが戻ってくる。いくつものグラスが載ったトレイをテーブルに置くと、「好きなの選んで飲んでいいよ」とにっこり笑った。

「……カズキさんの居場所を教えてください。それと、オレのスマホ返してください」

「せっかちだなあ。その前にせめて乾杯くらいしようよ。ふたりで飲みに来た記念にさ」

「オレはあなたと飲みに来たわけじゃないです」

「まったまた。可愛い顔して言うことときっついよねえ」

けらけら笑ったノリが、林立するグラスの中からひとつを選んで穂の前に置く。睨むように見据えても笑顔を返され、頬杖をついて待つ姿勢まで取られてしまった。穂のスマートフォンは、ずっとその手に握られたままだ。

「ミノル、それ何ていうカクテルかわかる？」

「知りません」

「バーでバイトしているのに、知りませんでおしまいでいいんだ？　匂って飲んで、名前当てるくらいしてほしいんだけどなあ」

意味ありげににやにやと笑われて、わざとやっているのだと痛感する。不承不承にグラスを持ち上げて口に含むと、舌に触れただけでかなりアルコール濃度が高いと知れた。

「グリーンアラスカ、ですよね」

このカクテルはシェーカーを使うため、穂は作ったことがない。もともと度数が高い酒のはずだが、シンが作ったものはここまで濃くはなかった。

目の前のグラスの数は十近い。そのすべてがこれに準じた作りだとしたら、目的はおよそ見えている。

とん、と音を立ててテーブルにグラスを戻した穂に、ノリは眉を上げて言う。

「ちょっと嘗めただけでわかるのか。けど、口をつけたものは全部飲まきゃ行儀悪いよ？」

「……カズキさんの居場所は？　あと、スマホ返してください」

「ミノルがそのグラスを空にする方が先かな。そしたらスマホを返して、カズキさんのところまで連れて行ってあげてもいい」

のらりくらりという言葉に見切りをつけて、穂はとっとと席を立つ。

「知らないのに知ってるフリはしないでください。あと、最初から返す気はないですよね」

「帰るんだ？　スマホとカズキさんを置いてっていいわけ？」

「スマホは盗難届を出します。カズキさんのことはマスターに相談します」

「うわ大袈裟《おおげさ》……っていうか、しょうがないなあ。カズキさんだったら大丈夫だよ。今はミトウさんと一緒にいるから」

「――――！」

あり得ない名前を耳にして、ざわっと全身の毛が逆立った。食い入るような穂の視線に気づいてだろう、ノリが余裕を取り戻したふうに言う。

「もう少ししたら合流する約束だったんだ。ミノルとカズキさんで飲んでたのに、邪魔しっ放しだと悪いってね。だからひとまず座ったら？　帰ってもいいけど、そしたらカズキさんが心配するんじゃないかな。ミノルは僕といるって知ってるはずだしさ」

「……それ、本当ですか」

「信じるか信じないかはミノルの自由。けど、カズキさんがミノルに黙っていなくなるような人かどうかはミノルの方がよく知ってるんじゃないかな」

満面の笑顔で告げられた内容に、ぞっとした。

「何でカズキさんまで巻き込むんですか？　オレに用があるなら、オレだけに声かければいいでしょう！」

「そこは利害の一致でねー。僕はカズキさんには興味ないし、ミトウさんはミノルのことはどーでもいいんだって。だけど、カズキさんには漏れなくハルカさんがついてくるし、ミノルは僕とは店以外で会ってくれないし？」

「……それで騙し討ちにしたと？」

「そこまで大袈裟なことじゃないよ。ミトウさんはカズキさんと、僕はミノルとゆっくり話したかっただけ」

返る言葉には罪悪感など欠片《かけら》もなさそうで、余計に腹が立った。どん、とテーブルに手を置いて、穂はノリを睨みつける。

「カズキさんはどこにいるんです？」

「そこ座って、せめてそのグラスくらいは空けて。話はそれからにしようか」

「――――」

脅しても、宥めすかしても無駄だ。すぐにそれは察しがついて、穂は渋々席に座り直す。無造作に、先ほど嘗めたグラスを手に取った。

見た目で下戸と勘違いする人が多いが、穂はそこそこ飲める方だ。大学の頃には「可愛い顔してるくせに半分ザル」などと揶揄されたこともある。これ一杯くらいなら、さほど影響はないはずだ。

目の前の相手と和やかに話そうという気になれず、視線を明後日に飛ばしたまま無言でグラスを口に運ぶ。それを楽しげに眺めてノリが言う。

「ミノルってさ、マスターに乗り換えたくせにまだカズキさんに未練あるんだ？」

「……っ、何――」

「ハルカさんと別れたあとカズキさんに横恋慕して、今はマスター狙ってるよね。ちょっと好みっていうか、基準が不明なんだよねえ。ハルカさんとマスターならわかるけど、そこにカズキさんが入るっていうのがさ」

絶句した穂を頬杖をついてまじまじと眺めて、ノリは作ったように笑う。

「実は面食いだけどカズキさんだけ別枠とか？　まあ、どっちにしてもかなり尻軽だよね。あの三人って仲良かったはずだし」

「――意味が、わからないんですけど」

穂の、友部への気持ちを知っているのはシンだけだ。長谷にも気づかれている可能性は高いが、彼が漏らすはずがない。シンへの気持ちに至っては、穂自身も自覚したばかりだ。

それなのに。

「やっぱりそうだったんだ？　へー」

頬杖をついたままにやりと笑われて、鎌を掛けられたのだと悟った。

「減らないなあ。早く飲まないとカズキさんに会えないよ？」

穂の手の中のグラスをさして、ノリが言う。後悔に臍《ほぞ》を噬《か》みながら、苦い酒を少し多めに流し込んだ。

「ミノルって、無理な相手ばっかり追いかけてるよね。スペック高すぎのハルカさんにその彼氏のカズキさんに完全ノンケのマスターって、全員ハードル高いと思うんだけど」

「…………」

「あのマスター、客には絶対手を出さないし、バーには恋人も出入りさせないだろ。男ってだけで相手にされっこないのに、ミノルみたいに軽かったら完全アウトだと思うけどなあ」

「……軽い？」

「そりゃそうだろ。友達の恋人だった子が別れたと思ったら今度はその彼氏に色目使って、やっと諦めたかと思えば今度は自分とこに来るって、簡単すぎるじゃん。セフレにはちょうどいいかもだけど、友達三人の間を回り回ってるってことになるとホラーだよ？　僕だったらつまみ食いも遠慮するかな」

さらりと告げられた内容に、胸の奥が変に軋《きし》んだ。

シンの目から見れば、確かにそういうことになるのだ。彼は穂がなかなか長谷を諦めきれなかったのも、その後に友部の傍にいたくて必死で気持ちを殺していたのも知っている。その穂が今度は自分にと言われたら、易々と心変わりすると感じるのはむしろ当然だろう。

「だから、この際マスターは諦めなよ。代わりに僕がいるからさ」

にこりと笑ったノリが軽く腰を上げる。ぼうっとしたまま訝《いぶか》しく見ている間に、するりと穂の隣に移動してきた。親しげに身を寄せて続ける。

「そんなにころころ相手が変わるんだったら、僕でも構わないよね？　こないだも言ったけど、ちゃんと可愛がってあげるからさ」

相手の言葉を耳に入れながら、近すぎる距離に眉を顰めていた。

狭い空間で席数を確保するためなのか、今いるボックスのソファは半分に割ったドーナツに近い形をしている。詰めれば四、五人が半円を描いて座れるだろうけれど、いかんせんテーブルはトレイふたつで塞がるほど小さい。

狭くないかなとぼんやり思ったあとで、それぞれのグラスをひとつずつとつまみが載る程度なら十分なのだと気がついた。

生ぬるい手のひらに、いきなり頬を撫でられる。不快感を覚えてのろりと顔を上げながら、穂は自分のその反応に違和感を覚えた。

酔うには早すぎる。グラスの底にはまだ酒が残っているし、何より穂は酔ったら上機嫌になるたちで、この程度の量で酔いつぶれることはまずない。

――なのに、どうしてここまで思考が散漫になるのか。手足が重く、反応が鈍くなっているのか？

「何か、……入れ、た？」

「よくわかったねえ。っていうか案外強いんだね。効いてくる前に潰れるかと思ってた」

悪びれたふうのない声とともに、いきなり腰ごと抱き込まれる。衣類越しの力と体温を感じるなり、ざわりと肌が粟立《あわだ》った。

こめかみのあたりに当たった生ぬるい吐息に、ぞっとして顔を背ける。追いかけるように伸びてきた指に顎《あご》を摑まれ、強い力で引き戻された。友人や知人ではあり得ない距離に顔を寄せて、ノリは楽しそうに笑う。

「常習性は低いってさ。だから心配しなくていいよ」

信用できるかと、口にするまでもなく顔に出ていたらしい。軽く目を瞠ったノリは、神妙な顔を作って言う。

「ミノル、その顔怖いよ。せっかくだから笑ってくれないと」

ふざけるなと言ってやりたいのに、声がうまく出なかった。喉の奥で唸《うな》りながら、穂はノリを睨みつける。

「そんなに怒ることないだろ？　薬出してきたの僕じゃなくてミトウさんだよ？」

「……ッ」

いつかシンから聞いた話を思い出して、全身から血の気が引いた。びくりと動いた肩に腕を回されて、穂は必死にもがく。わざとらしく悄然《しょうぜん》としたノリに、かえってきつく抱きすくめられた。

「心配いらないよ。ここだと他の席のことまではよく見えない。だから、ね？」

何が、と言い返す前に、無理矢理に呼吸を奪われる。ぬるりとした感触に唇の間をなぞられて、強い悪寒と吐き気がした。思うにまかせない顎を引き、首を背けて逃げたつもりが、吐息は執拗《しつよう》に追いかけてくる。

「何で逃げんだよ、このくらいどうってことないだろ？　……なあ、早く寝ちまいなよ。目が覚めたらカズキさんに会えるからさ」

その言葉を聞いて、今さらのように爆発めいた焦燥が生まれた。

――もしかしたら、友部は穂を盾にミトウに無理を強いられているのではないかと、思ったのだ。それこそ、今の穂のように。

「……っだ、はなっ――」

そうだったなら、それこそ友部を探して助け出さなければ。思ったとたん、自分でも意外なほど力が出た。とはいえ、しつこく顎にキスしてきていたノリの顔を肘から先の長さだけ遠ざけたのが精一杯だ。

「うっわ、しぶといなあ。じゃあついでに全部飲ませるか」

声とともに、唇にひやりと固いものを押し当てられる。ついで、口元に冷たい液体が溢れた。匂いだけでそれが酒だと知って、穂はぐっと唇を引き結ぶ。――その時、やけに大きな足音がした。ついで、誰かが大きく声を上げたけれど、意識が朦朧《もうろう》としているせいかうまく聞き取れない。

ミノル、と、ここにはいないはずの人の声で呼ばれた気がした。

物音とともに、穂を取り囲むように捉《とら》えていたノリの気配が離れていく。くらりと傾いた身体を別の誰かの腕が支えてくれるのを知って、骨から溶けたように力が抜けた。

よく知っている人の腕だと、本能的にわかったからだ。ただ、具体的に誰なのかは思い出せなかった。

「……、――」

上向かされた頬を、誰かが叩いている。ひっきりなしに名前を呼ばれているのがわかる。

友部はどうなったのか、先に友部を――思いながら、声が出ない。その時、ふいに鋭い声が耳に入った。

「それ、ミノルのスマホだろ。何でてめえが持ってやがんだよ。おまけに電源落ちてるってどういうわけだ。あ?」

「——かず、きさ……?」

誰の声か気づくなり、振り絞った喉から声が出る。重い瞼《まぶた》を必死でこじ開けると、すぐ近くに目つきを険しくした友部がいた。穂の視線に気づくなりほっとしたように目元を緩め、気遣うように言う。

「ごめんな。おれが悪かった。——大丈夫か?」

「気分はどうだ。吐き気はないか?」

友部の問いに頷くより先に思いがけない顔に覗き込まれて、目を瞠っていた。

「ま、すたー、……」

「薬を飲まされたのは聞いた。酒は? 何をどのくらい飲んだんだ?」

矢継ぎ早に言うシンの表情の、常にない厳しさに全身が竦む。耳の奥で響くのは、つい先ほどノリに言われた台詞だ。

(男ってだけで相手にされっこないのに)

(ミノルみたいに軽かったら完全アウトだと思うけどなあ)

「ミノル? おい、どうした?」

横合いからかかった友部の怪訝そうな声で我に返って、必死で声を絞った。

「グリーン、アラス、カ……グラ、ス、よんぶん、のさん、くらい……」

「……気分は悪くないんだな？　吐き気もない？」

「だい、じょぶ、で、す……だるく、て、あ、たまが、ぼうっとす、るだけ」

たどたどしく答えると、シンはようやく表情を緩める。

「歩けるか。――その前に、自分で立てるか？」

「はい」と答え、左右から手を借りる形で足を踏ん張った。けれど自分でもぎょっとするほど簡単に膝が崩れて、床に転がる寸前にシンの腕で掬《すく》われることになる。

「こりゃ無理だろ。下手に歩かせるとかえって危ない」

「そのようですね。すみません、ちょっと手を借りても？」

「了解。途中で交替するってことで」

頭上で交わされる会話の意味に気づく前に、目の前で屈んだ背中に乗せられていた。ぎょっとした時にはもう視界が高くなっていて、穂は自分がお出かけ途中で寝入ってしまった幼児よろしく長身の背中に負ぶわれているのを知る。

「あっ、あ、の！　だいじょうぶ、です、オレ、じぶんで、あるいてっ」

あいにく穂は幼児ではなく、大学も卒業した二十二歳の男だ。いくら何でもこれは恥ずかしすぎると、必死で訴えた。その間に穂を背負ったシンは大股に店を出て、人の多い繁華街の通りを歩き出している。

「気持ちはわかるがそりゃ無理だろ。あのさ、今ミノルが動けないのは不慮の事故ってーか不可抗力だから、諦めておとなしく顔伏せてな。大丈夫だから」

すぐ横を歩く友部に真面目な顔で宥められ、子どもを寝かしつけるような仕草で背中を撫でられる。情けなさに眉を下げていると、友部が持っていたスマートフォンを見せてくれた。

「これ、ミノルのだよな。上着のポケットに入れとくぞ？　勝手したけど、電源だけ入れといたから」

頷いたあとで、友部が電源が落ちていると言っていたのを思い出した。奪われた早々にそうなっていたなら着信はなくて当然だ。

——そういえば、友部はともかくどうしてシンまでここにいるのか。

薬のせいで霞《かすみ》がかった頭では、思考がうまく働かない。一定のリズムでゆらゆら揺れる感覚は懐かしくも心地よく、その分だけ思考を鈍らせた。

寝てしまっては申し訳ないと必死で顔を上げていると、触れる位置にあった頭が動く。シンが振り返ったのだと知って固まっていると、低い声でそっと言われた。

「無理して起きてないで寝ろ。その方が早く楽になれるはずだ」

「……すみま、せん。ご、めんどうをおかけ、します……」

「喋らなくていい。目を閉じて力を抜いていろ」

「はい」と頷き、今度こそ観念して顔を伏せる。力を抜いて身体を預けると、待っていたようにとろりと意識が溶けた。

それまで周囲にあった雑踏の気配と音が、滲《にじ》んだように輪郭を失う。ゆったりと揺られる動きに、安心して泣きたくなった。

「……そういえば、カズキさんはミトウさんとどう決着をつけたんです？　そう簡単に帰してくれるとは思えないんですが」

しばらくの間合いのあとで、思いついたようにシンが言う。その声を、耳というより肌伝えに聞いた。

「いや？　決着は簡単についたぞ。嘘だとか詐欺だとか言ってやがったけどな」

「嘘に詐欺、ですか？」

「嘘ついて呼び出したのはてめえの方なのにな。まんまと引っかかったおれも迂闊《うかつ》だけど、なかなか手洗いから戻らねえとこにミノルが具合悪くして呼んでるとか言われたもんでさ」

「ああ……よくその手を使っているように聞いていますよ」

友部の声がうんざりしているのとは対照的に、シンの方はいつも通り落ち着いている。そう思い、さっきはやはり穂に腹を立てていたのだと夢うつつに思う。

「実際行ってみりゃミノルはいないし、ミトウのヤツが飲み比べしようだの、ハルカよりてめえの方がいいだろうだのとわけのわからねえこと言いやがるし。速攻断ったら、今度はミノルはどうなってもいいのかって脅してきやがったんだよ。あんまりろくでもねえからつい、こう手がなあ」

「……手を出したんですか。殴ったとか？」

「出そうになったが自粛した。つーか、そこまでするまでもなかったぞ。襟首《えりくび》締め上げて凄んだだけで顔色変わるあたり、荒事慣れしてねえんだろ。少しばかり問いつめたら、すぐ状況も吐いたしな。適当に捨ててミノル探しに行こうとしたら、嘘だ詐欺だ喚《わめ》きやがったんだよ。何だかなあ、おれは気が強いだけの実は弱っちいオヒメサマだと思ってやがったらしいぞ。ハルカは惚れた弱みで振り回されてやってたはずだ、とかさ」

「弱っちいオヒメサマ、ですか。――カズキさんが？」

短い返事だけれど、声だけで何となくわかる。シンはきっと、後半の一言で笑いを噛み殺している。

「笑うよなあ？　腕力はどっこいどっこいだろうが、握力込みにすりゃおれはハルカに十分勝てるぞ。だいたい、あいつが妙に過保護なのがおかしいんだよ。あいつの趣味のせいで周りに誤解されたんじゃあ、おれがいい迷惑だ」

「趣味ではないでしょう。過保護のフリして、実はただの独占欲かと」

「マジか。つーか、知ってたんなら意見しろよ、黙って見てんじゃねえっ」

つまり、友部は自力でうまく切り抜けたのだ。思い知って、ずんと気持ちが重くなった。

素面の時の友部が長谷以上に大人なのは知っているし、怒らせるととんでもなく怖いらしいとは何度か聞いたことがある。とはいえ、友部をよく知らない人物にはぴんとこないだろうとも察しがつく。

長谷やシンが目を引く長身なのとは対照的に、友部は成人男性の平均程度の身長で見た目にも筋骨隆々とは言えない。ふだんに見せる顔は穏やかで人懐こく、どつきあいをする相手は長谷限定だ。他人の喧嘩の仲裁に入ることはあっても、自分から騒ぎを起こすことはまずない。

そこしか知らないところに長谷の過保護を目《ま》の当たりにすれば、ミトウのように思い違いをしても無理はないのだ。というより、思い違っていたからこそ友部にちょっかいを出そうとしたのだろう。

「……、――」

結局、穂こそが面倒の中心になってしまったわけだ。ノリの思惑に引き回されたあげく、友部やシンの手をわずらわせてしまった。

あまりの情けなさに内心で悶絶《もんぜつ》しながら、意識がすうっと落ちていくのを感じた。額に触れる体温に無意識にすり寄っているうち、意識は小さく溶けて消えた。

10

大丈夫かな、という声がした。

「顔色も悪くありませんし、呼吸も落ち着いています。よく眠ってるんだと思いますよ」

「そっか。だったらいいんだけど。……ごめんな、せっかくの休みに面倒かけて」

誰かが、穂《みのる》の髪を撫《な》でてくれている。ぼんやりと思ったのをきっかけに、意識が浮上した。

近くで話す声は友部《ともべ》とシンで、だったらこれは友部の手だろう。穂を弟扱いする彼は癖のように頭を撫でてくるけれど、シンにされることは滅多にない。

ここはどこなんだろうと思ったあとで、自分が布団の中にいるのに気づく。馴染《なじ》んだ感触と匂いは自宅のベッドに違いなく、部屋まで送られた上にベッドにまで入れてもらったのだと思う。

早く起きて、お礼とお詫《わ》びを言わなければ。

思うのに、身体《からだ》はぴくりとも動かなかった。金縛り状態というのか、自分の身体は認識できるのにびくともしない。瞼《まぶた》を押し上げることもできなかった。

「……そんで？　ミトウとノリってヤツのことはどうすんだ」

「出入り禁止にします。ノリさんは言うに及ばずですが、薬を提供したのがミトウさんだという言質《げんち》も取っていますので、理由としては十分でしょう」

「だったらいいや。けど、一応あとのフォローもしないとだな。――それ以前に牧田《まきた》くん、あまり調子よくねえから注意しといた方がいい。おれも気をつけとくけど、シンもそのへんよろしくな」

穂がぐっすり眠っていると踏んでいるのだろう、やや声を落とし気味にして友部が言う。

答えるシンの声は、相変わらず冷静だった。

「もちろんです。ところで具体的にどんな様子でしたか？」

「あんまり食えなくなってるのと、たぶん神経が立ってるんだろうな。三月末からこっち何もかもいっぺんだったのもあるだろうが、たぶん一番は就活疲れじゃねえかなあ。……明日の面接がうまくいけばいいんだけどな」

「明日、面接ですか」

「うん。今日ハロワで申し込んだって」

声とともに、近かった気配が動く。遠ざかっていく足音を、感覚だけで追いかけていた。

「ところでさ、シンのとこって正社員決まりそうか？」

「なかなかですね。ぼちぼち面接はしてるんですが、いい人材にぶつからなくて」

「そっか。……あのさ、おれが言っていいことじゃねえとは思うんだが、ひとつだけいいか？その正社員、牧田くんにするってわけにはいかないか。仕事は慣れてきてるし本人も楽しそうだしシンともうまくやれてるみたいだし、ありじゃねえかと思うんだけどさ」

友部の声に被《かぶ》さって、ドアを開く音がした。たぶん、リビングと廊下の境のドアだ。

「ミノルをうちの正社員に、ですか？　それは無理ですよ。第一……」

シンの即答を切り取る形で、声が途切れる。ドアの向こうで話は続いているらしく、声はするものの言葉としては聞き取れない。

たった今聞いたシンの落ちついた声が、固形物になって耳の中を漂っている気がした。

荒い呼吸を何度か繰り返し、白い天井を食い入るように見上げて、そのあとで瞼が開いていることに気づく。なのに身体は変わらず泥の中に沈んでいるようで、わずかに動くにもかなりの力が必要だった。

足りない部分があるだろうとは、思っていた。自分でできる限り頑張ってきたつもりだけれど、だから万全とは言えないことも知っていた。

けれど、――まったく考える余地がないほど「駄目」だったのか。

「……、……」

喉《のど》の奥が、小さく音を立てる。その音を認識して、ふっとわかった気がした。

考えてみれば、当然だ。穂がバイトに入ってたった二か月あまりで、どれだけのトラブルが起きたのか。

仕事中にユイと言い合いをし、感情的になって怪我《けが》をさせた結果、店を途中で閉店させる事態になった。休日のはずの今夜は穂が状況を読めなかったせいで、友部と一緒におそらく町中を走り回る羽目になった。

迷惑を、かけてばかりなのだ。緊急避難用のバイトならともかく、今後何年も一緒に働くかもしれない正社員として雇うならトラブルがない方がいいに決まっている。

かすかな足音が耳に入って、穂は全身で竦《すく》み上がる。ひとり分だから、友部かシンのどちらかだ。いずれにしても今は顔を見られたくなくて、どうにか壁側に寝返った。さらに布団を深く被って目元を隠す。

誰かが寝室に入ってくるのが、足音と気配でわかった。戸口でこちらの様子を窺《うかが》っているらしく、言葉はない。

動き出した足音がベッドの傍《そば》で止まり、布団の背中のあたりを直された。

そっと、髪の毛を撫でられる。布団からはみ出しているのだろう頭のてっぺんあたりを、宥《なだ》めるように梳《す》いていく。

友部だと思ったら、心底安堵《あんど》した。あんな言葉を聞いたあとで、シンに傍にいられるのは避けたかったからだ。

安心したせいか、再び瞼が重くなる。いったん覚醒《かくせい》したはずの意識が睡魔に呑《の》まれるのは早く、せめて今のうちにお礼をと思った時にはもう、どこもかしこも動かなくなっていた。

友部さん、と呼んでみた。

うまく声になったのかどうか、髪を撫でる手がふっと止まる。そのタイミングで、「すみません。ありがとうございます」と言葉を絞った。

どこまで相手に届いたのかは、わからなかった。

翌朝、穂が目を覚ました時にはもう、友部はいなかった。代わりにリビングのローテーブルにはサンドイッチとカフェオレが入ったビニール袋が置いてあって、それには「起きたら食べるように」という手書きのメモがついていた。

つまり、シンに背負われて帰ってきたことも、そのあと耳にした友部との会話もすべて現実だったわけだ。それなら、耳に残るあの言葉も夢ではなく。

（ミノルをうちの正社員に、ですか？）

（それは無理ですよ）

胸の奥を潰《つぶ》されるような痛みをごまかすように、穂はサンドイッチのパッケージを剝《は》がす。無造作に口に入れ、カフェラテで流し込む途中で、このサンドイッチは友部が穂のためにわざわざ買ってきてくれたのだということを思い出す。

せっかくの気持ちを、こんなふうに食べるのは失礼だ。そう思い、あえて食事に集中した。

昨夜の穂は、頭を撫でてもらっているうちに寝入ってしまった。今日も仕事なのに、いったい何時頃までついていてくれたのだろう。考えて、申し訳ない気持ちになった。

きちんとした礼は会って直接伝えるとして、ひとまず友部あてにお礼とお詫びのメールを打ち込む。半端に終わってしまった飲みの仕切り直しをさせてくださいと付け加えて送信し、シンにもお礼とお詫びのメールを入れておいた。

まもなくシンから返信があった。体調は大丈夫か、具合が悪ければ連絡するようにとの内容に問題ないですすと返すと、間を置かずそれなら今日はいつもより早めに出てくるようにとの指示が戻ってくる。

おそらく事情説明を求められるんだろうと察して、午後早い時刻に予定の面接を終えてすぐに帰宅し、指示された時刻よりも早めにバーに出向いた。

当初はふつうに出ていたはずの足が、階段を下りるたびに重くなっていく。どんな顔で会うべきかと迷い、昨夜探しに来てくれた直後の厳しい顔を思い出す。「正社員は無理」と言われる有様の自分がバイトでいいのかと、後ろ向きな考えに及んでしまう。一階に辿《たど》りついた時には、鏡を見るまでもなく相当辛気くさい顔になっているだろうことを自覚できた。

このまま店に出た日には、鬱陶しいではすまなくなる。それでは駄目だと頭を振り、両手で何度か頬《ほお》を叩いて強引に思考の方向を変えた。

そもそもこのバイトは穂が就職するまで、あるいはシンの店の正社員が決まるまでという取り決めで始めたはずだ。だったら、当初の予定は何ひとつ変わっていない。昨夜の正社員云々《うんぬん》のやりとりは友部もシンも穂に聞かせるつもりはなかったのだろうし、それなら穂は「知らない」でいるべきだ。

正社員を雇う時に相手を選ぶのは当たり前で、シンが穂では無理だと言うならそれだけの根拠があるのだろう。彼にその決断をさせたのはこれまでの穂の言動に違いなく、それをどうこう言えるはずもない。

転がり出た結論を強引にも飲み込んで、穂は小さく息を吐く。

あとは、自分の気持ちを気取《けど》られないようにすることだ。迷惑をかけてばかりのこの状況で知られてしまったら、きっと穂は今以上にいたたまれなくなる。

ただのバイトとしてですら、「ここ」にいられなくなってしまう……。

自分の気持ちの上に重くて固いフタを被せて、穂は「Magnolia」の扉を開けた。

カウンターの手前にいたシンが、物音で気づいてかこちらを振り返る。その表情を確かめる前に、がばりと頭を下げた。

「あの、昨夜はありがとうございました。ご迷惑をおかけしてしまって、本当にすみません!」

一息に言って、数秒経《た》っても返事はない。つまりそれだけ怒っているのかと、頭を下げたまま肝が冷えた。昨夜目にした険しい表情が脳裏に浮かんで、あんな顔で見られていたらどうしようかと心底思う。

「……何で謝るんだ。ミノルが悪いわけじゃないだろう」

耳に入った声は明らかな呆《あき》れを含んでいるけれど、怒っている響きはない。

おそるおそる顔を上げると、いつの間にかシンは目の前にいた。端整な顔に浮かぶのは、声音そのものの呆れた色だけだ。何かを確かめるように、じっと穂を見下ろしていた。

「でもマスター、昨夜怒ってましたよ、ね? それって、オレが不用意にノリさんについて行ったからですよね。オレのせいで大事な休みが潰れることになって」

「腹が立ったかと言われればその通りだ。大事なバイトに一服盛られて、平然としていられるわけがない」

「えっ」

すっぱりと返った言葉に目を見開いた穂に、シンは続けて言う。

「カズキさんは、ミノルが体調を崩したという理由で呼び出されたそうだ。ミノルの方も、それに近い状況だったんじゃないのか？　そうでもないのに、ミノルがカズキさんを置いてノリさんについて行くとは思えない」

「……はい。あの、レストルームを出たところでノリさんにぶつかって、落としたスマホを取られて……しばらく話して席に戻ったら友部さんがいなくなってて」

促されるようにぽつぽつとあの時のことを説明すると、シンは腕組みをしたままため息混じりに頷《うなず》く。

「そういうやり口が気に入らないんだ。これまでは噂《うわさ》だけで直接うちで問題を起こしていなかったから放置したが、うちのバイトと友人にちょっかいをかけられてまでおとなしく傍観する気はない。――今後、ミトウさんとノリさんはうちには出入り禁止だ。次に店に来た時は俺が追い出すから、ミノルはいっさい近づくな。声をかけられても無視していい」

「はい。わかりまし、た」

こちらの状況は、どうやら言うまでもなく察せられているらしい。そう思い、すとんと肩から力が抜けた。

「だが、ひとつ確認したい。ミノルはノリさんと親しかったのか？　店ではオーダーする程度であまり話していなかったように思うが」

「あ」

真っ向から指摘されて、その報告を忘れていたと気づく。謝罪の言葉を始めに、ユイとの件が起きる直前にノリから声をかけられたことを告げると、シンは眉間《みけん》に皺《しわ》を寄せた。

向こうから声をかけてきたとはいえ、バイト時間中にサボったと言われたら言い訳のしようもない。叱《しか》られるのを覚悟で首を縮めていると、ため息混じりの声がする。

「トラブルは報告しろと言ってあったはずだが」

「どさくさに紛れて昨夜まで忘れてました。今日には報告しようと思ってたんです、けど」

「結果的に無事だったから今回はよしとするが、次回似たようなことがあった時は即報告しろ。その手のトラブルは拗《こじ》れやすいんだ」

自分でも身に染みていたから、躊躇《ためら》わず「はい」と頷いた。そのあとで、思い切って言う。

「あの……マスターは、昨夜どうしてあそこに？」

「ミノルがノリさんに連れ出されたようだと、カズキさんから連絡を貰《もら》った。カズキさん本人はミトウさんを振り切ったばかりだと言うし、どうも共謀しているらしいと聞けば、何が起きたかは予想がつく」

それで駆けつけてくれたのかと、納得がいった。もしあそこで友部とシンが来てくれなかったらと、考えただけでぞっとする。強引にされたキスの感触を思い出しそうになって、急いで頭を振った。

「次からは、おかしいと思った時点で逃げろ。ひどく酔っている時ならともかく、少々酒が入った程度ならカズキさんは十分自力で切り抜けられる。心配だからって無茶はするな。正直、こっちの方が保たない」

「……っ、す、みません！　せっかくのお休みだったのに、迷惑――」

「わかったならもういい。少し休憩してろ。すぐ食事にする」

ふっと緩んだシンの表情に見惚れているうちに、頭の上にぽんと大きな手のひらが載った。思いがけなさに目を瞠った穂に軽く笑ってみせたかと思うと、シンはするりと背を向けカウンターに向かってしまう。

「あのっ、いいです！　オレ、自分で適当に買って――」

「ふたり分用意してるんだ。食べてもらわないと捨てることになるが？」

振り返ったシンの、バイトを始めて間もない頃の常套《じょうとう》句《く》を久しぶりに聞いて、不思議な気分になった。

――どうしてここまでしてくれるのかと、思った。

その先を考えるのは危険だと、穂はそこで思考を止める。微妙な違和感を覚えて首を傾《かし》げてしまっていた。

「だったら手伝います。何かすることはないでしょうか」

「温めるだけだから必要ない。いいから座ってろ」

声もなく頷き近くのソファに座り込みながら、無意識に先ほどシンが触れていった頭のてっぺんに手を当てていた。

——直前に思い出しかけていたノリの体温の気持ち悪さが、たったあれだけのことではじけるように消えていった。それを実感して、穂は思い知る。

この人のことが、とても好きだ。ただのバイトでいい、それすら無理ならバーの常連としてで構わないから近くにいたいと、泣きたいような気持ちでそう思う。

恋心を制御するのが難しいのは、自分なりによく知っている。

恋人として過ごしてもいっこうに届かない長谷といることに疲れて別れを決めた時も、やっぱり黙っていようと、離れたくないと気持ちが叫んでいた。きちんと別れたあとも忘れられなくて、だからこそ友部とつきあっていると知った時に嫉妬《しっと》して余計なことを言った。

友部を好きになった時も、同じだ。絶対に困らせると思ったから告白など論外で、だから心して口を噤《つぐ》んでいたけれど、胸の中には荒れ狂うような思いがあった。苦しくて苦しくて、それでも好きだという気持ちを大事にしたくて、必死で自分を宥めすかしていた。

……今は、日に日に大きくなっていくシンへの気持ちをどうやって抑えようかと悩んでいる。初めて気づいた一週間前よりも、一昨日《おととい》よりも昨日よりも、穂の中でシンの存在は深いところまで根付いていっている。

それでも、気づかれるわけにはいかないのだ。この気持ちで、シンに迷惑をかけることだけはしたくなかった。

大好きな人の大事な店だから、一時だけでも手伝えることに感謝しよう。終わった時に後悔しないように、「バイト」としてできる限りのことをしておきたい。

ひとつ深呼吸をして、穂は腰を上げる。せめてお茶くらいは用意しようと、カウンターへと向かった。

「そういえば、今日は面接だったんだよな。どうだった?」

食事を終えたあと、強引にもぎ取った後片づけに励んでいる時にそんな声をかけられた。

開店前のチェックをしていたシンは、すでに隙なく身だしなみを整えている。休日だった昨夜はラフになっていた髪を今日はきちんと整えて、カウンター向こうから穂を見ていた。

「まだわからないんです。とりあえず、悪い感触はなかったと思うんですけど」

答えたあとで、面接の話をシンにした覚えがないことに気がついた。どうして知っているんだろうと首を捻《ひね》ったあとで、おそらく友部から聞いたのだと納得する。

「結果はいつ頃に出る？」

「一週間以内に返事をくれるそうです。もしかしたら、営業時間過ぎてから電話が来るかもしれないいんですけど」

「先方のナンバーと名称を登録しておくといい。かかってきた時は、営業時間内でも出て構わない」

「……ありがとうございます。助かります」

最後のグラスの水分を丁寧に拭《ぬぐ》いながら頭を下げると、シンはいつもの顔で頷いた。看板を出してくると言って、扉から出ていく。

長身が視界から消えるなり、布巾《ふきん》を使っていた手が止まった。

シンから、あそこまで具体的に就活状況を訊《き》かれたのは初めてだ。これまでも何度か話題に上ったけれど、そういう時は「無理するな」とか「考えすぎるな」と気遣いの言葉をくれるだけで、詳しく訊かれたことはなかった。

面接の話になったから、ちょっと訊いてみただけに決まっている。そう思いながら、頭の中では別の可能性が浮かんできた。

「……っ、やめやめ！」

余計なことは考えまいと、頭を振って手を動かした。グラスを片づけ、カウンター内の最終点検をしてから、奥に設置された鏡で身だしなみをチェックする。おもてに戻りかけて、ふいに——何の前触れもなく、先ほどの違和感の正体に気がついた。

勝手に、足が止まっていた。その場に立ったまま目を向けた先、出入り口の扉が開くのを眺めながら、穂はひとつ息を飲み込む。

——あの階段の事故の時に、ユイと何を話したのかを訊かれなかった。

これまでは折りに触れ、機会があれば必ず短く一言問われていた。先ほど説明したノリとの件はユイの事故の直前に起きていて、それも含めて告げている。

それなのに。

胸に落ちてきたのは、どこか物足りないような感覚だ。これまで強情に話さなかったのは自分なのに、今問われたとしてもやはり言えないとわかっているのに、訊かれないことを寂しいと感じている。

もうどうでもよくなったのかと、勝手に置いていかれたような気分になっている……。

「ミノル？　準備はできたか。じき時間だぞ」

「はい、大丈夫です」

即答しながら、もしかしたらと予感のように思う。わざわざ心配するまでもなく、ここで穂がバイトをする日は残り少ないのかもしれなかった。

11

四日後のバイト中に、面接の結果の連絡が来た。

あらかじめ許可を貰っていたので、バイブレーション設定にしておいたのだ。カウンター前に誰もいなかったこともあって、シンからは目顔で許可を得てからカウンター奥に移動し、スラックスのポケットに入れていたスマートフォンを耳に当てた。

いい結果ならともかく、残念だった時にこの状況はかなりきつい。そう気づいたのは通話の向こうで相手が名乗っている最中で、こういうところで抜けている自分に呆れてしまう。

そういう懸念は得てして的中するものだ。通話の切れたスマートフォンを見下ろしたまま、穂はずんと落ち込んでしまっていた。

「――……ミノル？」

声をかけてきたシンは、間違いなく結果を察しているのだろう。わかるだけに急いで笑顔を作り、スマートフォンをスラックスのポケットに押し込んだ。

「また、駄目でした。仕方ないですよね。頑張って、次のところを探します」

シンは、けれど穂の言葉に無言で眉《まゆ》を顰《ひそ》めた。

まさかそんな反応をされるとは思ってもいなかったから、思考が一時停止した。

「あの。もしかしてオレ、また何か失敗しましたか？」

気がついたら、そう口にしていた。

ここ数日、バイト中やたらとシンに見られていると感じては、いた。けれど、特に何も言われなかったから――目に余ることがあれば必ず注意してくれるから、できるだけ気にしないようにしていた。

面倒や迷惑をかけることがないよう、穂なりに最大限の努力をしたつもりだ。その上で、何も知らない振り、恋心などない振りで過ごしてきたはずだけれど、どこかに綻《ほころ》びがあったということか。

「どうしてそうなる？　何かあったのはおまえの方じゃないのか」

「えっ……いや、別にオレは」

「このところ、客に見えないところで浮かない顔をしているだろう。ため息をつくことも増えてるようだが？」

問いつめる口調で言われて、穂は返答に困る。――実際のところ、自分ではそんなつもりはまったくなかったせいだ。

「何かトラブルでもあるのか？　だったら早めに言え。ひとりで抱え込むなと言ったはずだ」

言外に、ノリの件を仄《ほの》めかされたような気がした。頭の中でみっつ数えてから、穂は笑顔でシンを見上げる。

「そういうわけじゃないんです。ただ、就職の件でいろいろ、考えてて」

「――ミノル」

シンの声に咎《とが》める響きを感じて、背中が緊張した。このままではまずいと本能的に思った、その時を狙《ねら》ったように「あれー」と声がする。

「マスター？　ミノルでもいいんだけど、どっちかいない？」

「……っ、オレ、出ますね！」

渡りに船とばかりに、すぐさまシンの傍をすり抜けた。フロアからよく見えるカウンターの中に出ていく。

「あ、やっぱりいたな」

「奥で何やってんだ。マスターもいるのか？」

「って、何でふたりして奥なんだ。もしかして虐《いじ》められてないか？」

口々に言う彼らは先代マスターの頃から「Magnolia《マグノリア》」の常連だとかで、全員が穂の祖父より上だろう年代だ。口こそやや悪いものの揃《そろ》って豪快で気がよく、年若い客に気前よく奢《おご》っては賑《にぎ》やかしていく。

穂自身も何度かご馳走《ちそう》になったことがあるけれど、恩着せがましくされるどころかこちらの様子をよく見て気にかけてくれる人たちなのだ。小学生の頃に大好きだった祖父を喪《うしな》ったせいか、穂はこの人たちと会うとつい頬が綻んでしまう。

「マスターはそんな人じゃないですよ。そんなの、カツさんたちの方がよくご存じですよね？」

「マスターも若造だ。魔がさすこともあるかもしれない」

「何かあればちゃんと言えよ？　きれいに始末してやるからな」

「痛い目は若いうちに見ておくもんだよなあ」

最古参ということもあってか、この人たちはこれとそっくり同じことをシンの目の前で言ってのける。もっともシンもその都度ちくりと言い返しているから、親しいからできることなのだろうと察しはついていた。

「だから違いますって。ちょっとマスターに相談事してたので、全面的にオレのせいなんです。——ええと、お待たせしてしまってすみませんでした。何にされますか？　マスターの方がよろしければ、すぐお願いしてきますけど」

「いや、せっかくだからミノルに作ってもらおうかな」

「うん、その方がいいね」

口々に言った彼らは、揃って穂が作れるカクテルを指定してくれた。カウンターの中で作業するのを見物しながらひとしきり穂をからかうと、酒を手にいつもの席へと戻っていく。

シンからの物言いたげな視線を感じたけれど、あえて気づかない振りで押し通した。

少なくとも今だけは放っておいてほしいと、心の底からそう思った。

逃げ切るのは難しいのはわかっていたけれど、こうも簡単に捕獲されてしまうと少々どころではなく悔しい気分になる。

その日の仕事上がり、よく行く定食屋での朝食を終えたあとで、穂は駅に近いファストフード店の窓際の席にいた。

早朝の店内は人影もまばらで、しんと静かだ。窓の外を行く通勤姿もまだそう多くはなく、手持ち無沙汰《ぶさた》に目で追いながら穂は小さく息を吐く。

いつものように閉店後の片づけ中に誘われて、遠回しに断ったら別方面から攻められたのだ。曰《いわ》く、「バイトの件で大事な話がある」と。

上司からの誘いで仕事絡みと言われたら、もはや断りようがない。観念してここまでつきあったものの、美味《おい》しいはずの朝定食すら味がしなかった。

とうとう正社員が見つかったのかもしれないと、思えたからだ。他に、シンの言う「大事な話」を思いつけなかった。

「カフェラテ、砂糖なしでよかったな?」

声とともに、目の前のテーブルに紙カップが置かれる。続いて向かいの席に腰を下ろしたシンに、頭を下げて礼を言った。それ以上言葉が出ずに兢兢《きょうきょう》としていると、口をつけたカップをテーブルに戻したシンがおもむろに穂に目を向けてきた。

「強制のつもりはないから、あくまで選択肢のひとつとして考えてほしいんだが。――正式に、うちの社員になる気はないか？」

「……はい？」

あり得ないことが起こったと、思った。

呆然《ぼうぜん》と見返す穂の様子に、シンは苦笑したようだった。

「急な話だからすぐ返事をしろと言うつもりはない。しばらく考えて、答えが決まったら教えてくれ。あまり引き延ばされるのは困るが、半月程度なら待つ」

穏やかだけれどはっきりした物言いに、けれどずんと胸が重くなった。とんでもなく重いものに踏みつぶされたように、気持ちが痛い。

申し出そのものは、とても嬉しいと思う。思うのに、それよりも憤りの方が大きかった。どうして穂にそんなことを言うのか。考えた時にはもう、言葉がこぼれていた。

「……すみません。そう言っていただけるのは嬉しいです、けど」

頭を下げながら、穂は溢《あふ》れそうになった言葉を無理に飲み込む。

それは本心じゃないですよね、と言いそうになったのだ。少しでも気を抜いたら、どうしてそんな心にもないことを言うんですかと問いつめてしまいそうだった。

何を思っているのか、シンは黙ったままだ。落ちてきた沈黙が気になって、シンが今どんな顔をしているのかを知りたくて、けれど今顔を上げたなら間違いなく穂の表情を読まれてしまう。

穂の気持ちも、がたがたに揺れているからだ。今の顔を見られたら、隠していた本心まで知られてしまうかもしれない――。

そうやって、どのくらいふたりで黙り込んでいただろうか。短く息を吐く気配がしたかと思うと、静かな声が言う。

「そうか。――わかった、今の話はなかったことにしよう」

いつもと変わらない物言いに、すうっと頭が冷えた気がした。そろりと顔を上げるなりテーブルの向かいにいたシンと目が合って、穂は思わず「すみません」と謝ってしまう。

「気にしなくていい。就職となると、どこでもいいというわけにはいかないだろうしな」

「…………」

いつもと変わらない表情のシンに曖昧《あいまい》に頷きながら、安堵《あんど》すると同時に失望した。

あっさり断られても平然としているのは、きっとあまり乗り気ではなかったからだ。さもありなんと納得しながら、だったら最初から言わなければいいのにと毒づきそうになる。

――即答で断った立場では何を言える権利もないと、知っているのに。

「大事な話」はそれで終わりだったようで、コーヒーとカフェラテを飲み終えたあとはシンと別れて自宅に向かった。

駅前のファストフード店から自宅のあるビルまでは、歩いても数分ほどだ。慣れた道のりを通勤する人の波に逆行するように歩きながら、今になってふと思う。

何を思って、シンはいきなりあんなことを言い出したのか、と。

あのバーを切り回しているのは、シンだ。本人は雇われだと言うが、愛情を持って大事にしていることは傍目《はため》にも明らかで、それを思えば一度「無理」と判断したものを簡単に曲げるとは思えない。

けれど、……だったらどういうことなのだろう。

考えているうちに辿りついたビルに入って、いつものように階段に向かった。

コンクリートに響く自分の足音を聞きながら、失笑する。そんなこと、今となっては無意味だ。——もう、断ってしまったのだから。

階段室の扉を押して、四階の廊下に出る。自室に向かいかけて、足が止まった。

「おはよう。仕事終わったばかりのとこ、ごめんね」

穂の部屋のドア横にうずくまっていた人影が、気まずそうに言いながらゆるりと腰を上げる。その様子を、目を見開いたまま見つめていた。

「あなたと、話したいことがあって来たの。ちょっとだけでいいから、時間もらえる?」

わずかに首を傾げて、ユイが言う。それへ、穂は困惑気味に小さく頷いて返した。

12

「あなたの部屋には、入れてもらえないの？」

喫茶店にでも行こうと提案した穂に、ユイは戸惑ったようにそう言った。

含みもなく本気で困惑している様子を不思議に思いながら、穂はきっぱりと頷いた。

「オレ、これでも男だしひとり住まいだからね。きょうだいとか親類とか友達ならともかく、顔見知りレベルの女の子を部屋に入れるのはなし。っていうか、きみもそんな簡単にろくに知りもしない男の部屋に入るとか言っちゃ駄目だよ」

「何それ。お兄ちゃんみたいな言い方なんだけど」

「これでも一応、お兄ちゃんだよ。きみより年下の妹がいるんだ。その妹が、たいして親しくもない男の部屋にひとりで上がるとか聞いたら、ふつうに心配して叱るに決まってる。——このビルの一階にコーヒー店があるのは知ってる？　コーヒーが美味しくて摘《つま》めるものもあるからそこにしようか」

苦笑まじりに提案すると、ユイは少し怯《ひる》んだように瞳《ひとみ》を揺らした。

「そこだとお店に近すぎるでしょ。ヒロくんに見つかったり、しない？」

「……見つかったらまずいんだ？」

怖がるような言い方に思わず問い返した穂を見上げて、彼女はこくりと頷く。

「こないだ、ヒロくんに叱られたばっかりなの。……ヒロくんがあんなふうになるとは思ってなかったからびっくりしたし、ものすごく怖かった、から」

「ああ……なるほど」

先日の、友部を巻き込んでの騒動を思い出して、ついしみじみした声になった。

滅多なことでは怒らない代わり、本気で怒らせたらとんでもなく怖い、というのは長谷《はせ》が友部を評してよく言う台詞《せりふ》だ。穂自身は「怒った友部」を目にしたことはないが、先日の騒動の時のシンはまさにそれだったと思う。

端整な容貌《ようぼう》も、そこに愛嬌《あいきょう》を加える下がり気味の目尻も変わらないのに、顔つきや雰囲気が一変していた。視線を向けられただけで背すじが凍ったのを、今でも覚えている。

とはいえ、シンがそこまでの怒りを目の前の女の子に向けたというのは意外だけれども。

「大丈夫。マスターはもう帰ってうちで寝てるはずだよ。出てくるのは午後からだし」

「本当？　本当に大丈夫？」

「気になるなら一番奥の席に座ればいいよ。外からはまず見えないし、万一、マスターがコーヒーを買いに来たとしてもカウンターからは目につかないはずだから」

ほっとしたように頷いたユイを促して、エレベーターでコーヒー店に移動する。幸いにもイートインの奥の席は空《す》いていて、オーダーした品を受け取ってすぐに座ることができた。

きょろきょろと周囲を見回していたユイが、ややあって安心したふうに表情を緩める。穂の視線に気づいて背中を伸ばすと、目の前のコーヒーフロートには見向きもせずに言う。

「いきなり押し掛けてごめんなさい。あと、今さらだと思うけど、階段でのことも、本当にごめんなさい！」

テーブルにぶつけるような勢いで頭を下げられた。突然のことに呆気《あっけ》に取られた穂に言う。

「四日前にヒロくんがうちに来て、階段のところであなたに何を言ったのか全部話すようにって問いつめられたの」

予想外の言葉に「え」と瞬《しばた》いた穂を上目に見て、ユイは行き場に困ったように両手の指を絡ませた。

「とっくにあなたから話してあるとばかり思ってたから、正直言ってびっくりした。だって、だから私、ずっとお店に行かなかったんだもん。あなたは怒ってて当たり前だし、ヒロくんは絶対呆れてて、私のことなんか嫌いになっただろうって思ってたから」

思いがけない内容に、「そうなのか」とすとんと納得した。無意識に小さく頷いていた穂を見て、彼女は言う。

「なのに、ヒロくんはあなたが何も言わないって……ずっと私のことを気にしてて、感情的になった自分が全部悪いんだからバイトは辞めるって言ってるって。だけど、あれって私の勝手な八つ当たりで全然あなたのせいじゃないから。それを、直接ちゃんと言っておきたかったの。――すごく怖かった、し」

「怖かった？」

穂の言葉に、彼女は「そう」と頷く。

「あの時、ね。八つ当たりしてひどいことを言ったのは、ちゃんとわかってたの。正直に話したら絶対叱られると思ったけど、黙ってる方がもっと怖かったから、全部ヒロくんに話したの。……あ、だけどあなたもヒロくんが好きだっていうのは言ってないからね？　そういうの、勝手に言っていいとは思えなかったから」

生真面目な顔で言われて、いろんな意味で反応に困った。揃って叶《かな》わないこととはいえ、彼女とは恋敵に当たるのだ。

溶けかけたアイスクリームをストローの先でつつきながら、彼女は肩を竦める。

「あなたに謝りたかったけどバーには行けなかったし、でも早くしないといつ就職決まってやめちゃうかわからないでしょ。ヒロくんに叱られて、やっと勇気が出たの。本当は、もっと早く来なきゃいけなかったんだけど」

「あの時はお互いさまっていうか、オレが感情的になったせいだから気にしなくていいよ。怪我の具合はどう？　まだ痛む？　傷とか残ってない？」

「平気。捻挫《ねんざ》っていっても軽かったし、あとは擦り傷とかだから。でも、お互いさまっていうのは違うと思う。あの時、あなたが怒ったのは当たり前だもの」

「そうじゃないよ。バイト中だったんだから、オレが堪《こら》えてなきゃいけなかったんだ。それに、もしかしたら本当はオレがきみを突き落としたのかもしれない」

ずっと胸の中にあった懸念を口にすると、ユイは目を丸くした。ややあって、何とも複雑そうな顔になる。

「そうだったら私、速攻でヒロくんに言いつけてるけど？　足元見てなかったせいで足を踏み外したんだって伝えたでしょ。……うん。何だか本気で自分がヤになってきたなあ……」

ぽそぽそとつぶやいたかと思うと、急に大きなため息をついた。まじまじと穂を見て言う。

「今だから白状するけど。病院で事情を聞かれた時に、階段から落ちたのをあなたのせいにしちゃおうかってちょっとだけ思ったのよ。そしたらあなたを追い出せるし、ヒロくんもこっちを見てくれるかもしれないって。けど、あの時のあなたって真っ青な顔してたのに、自分から全部自分のせいだって言ったじゃない。それ思い出して頭が冷えたっていうか……嘘までついて何がしたいんだって、自分で自分にぞっとしたの。だから、本当のことは言えなくても嘘だけはつかなかったのよ」

スプーンの先に掬《すく》ったアイスクリームをばくばくと口にして、彼女は唇を尖《とが》らせる。だから「穂のせいじゃない」と言い続けたのかと、すとんと腑《ふ》に落ちた。

「やめといてよかった。ヒロくんにバレたらどうなってたかわかんないし」

本当に怖かったんだから、とユイは神妙に言う。先ほどから何度となく繰り返される言葉に、少々違和感を覚えてきた。

「……マスターって、そこまで怖い？」

「怖いわよ！　お説教の間じゅうずっと冷静だし声も落ち着いてるし顔も怒ってないのに、目が全然違ってて、空気が凍ってるんだもの。そのまんま蒸発して消えたくなったくらい。――いつも笑っててたし優しかったから、そういう人だと思ってたの。うちの両親だって、絶対怒ったりしない人だってずっと言ってたのよ。なのに、何であんなに怖いの。あなた知ってたの？　あんなに怖くてもヒロくんがいいんだ？」

半泣きで言われて、ちょっと可哀想《かわいそう》な気がしてきた。

そういえば、ミトウたちの件でシンが「腹を立てた」理由がバイトと友人に妙なちょっかいを出されたことだったのだ。あの時ユイが口にした内容の半分以上が長谷と友部への中傷だったことを思えばシンが不快に感じて当然だし、それをおもてに出したなら確かに「怖かった」に違いなかった。

「確かに怖いけど、でも怒ってもらえるうちは大丈夫だと思うよ？」

「何それ。大丈夫って」

きょとんと、ユイが首を傾げる。少し冷めたカフェオレを一口飲んでから、穂は続けた。

「たぶんだけど。マスターって、無意味だと思ったら何も言わない人じゃないかな」

「無意味って？」

「年上の友達が前に言ってたけど、人を怒るにもエネルギーがいるんだって。仕事で必要なら怒りも注意もするけど、プライベートでは言っても無駄だと思ったら言わずに放っておくってさ。お説教したってことは、きみなら言えばわかると思ってるってことじゃないかな」

「……だったらわかると思ってくれなくていい！」

跳ねるように宣言したユイが、身震いしてコーヒーフロートを吸い上げる。ほぼ氷だけになったグラスをテーブルに戻すと、じっと穂を見つめてきた。

「何で階段でのことをヒロくんに黙ってたの？　あの時、すっごく怒ってたじゃない」

「カズキさんもハルカさんもマスターの友達だから、かな。そういうの、マスターには聞かせたくなかったんだ。それだけ」

「そうなんだ。……ごめんね、私、もう邪魔しないから」

「えっ？」

小さなため息のあと、急に言われて面食らった。目を丸くした穂をじっと見返して、ユイは自嘲《じちょう》するように言う。

「小さい時からずっと憧《あこが》れてて、念願叶ってお店に行ってみたら特別扱いっぽく構ってもらって。わたし、ひとりで勝手に舞い上がってたみたい。けど、ヒロくんから相手にされてないのは何となくわかってたし、よく考えてみたら私ってヒロくんのことほとんど知らないのよね。それでも好きな気持ちはちゃんとあったはずなのに、怖いばっかりで全部どっかに行っちゃった感じ。だから、もういいかなあって」

さばさばと言われて、意外さに目を瞠《みは》った。そんな穂を眺めて、ユイはにこりと笑う。

「ヒロくんてあなたのこと気に入ってるわよね。バイトの間はずっと一緒なんでしょ？　頑張ってみてもいいかもよ」

「それはない。っていうか、無理だと思うよ」

毒気を抜かれたせいか、そんな言葉がぽろりと落ちていた。頬杖《ほおづえ》をついた手のひらで自分が笑っているのを知って、すとんと肩から力が抜ける。

「無理って、だって」

「マスターの好みは大人の女性だから、性別でも歳《とし》でもオレは対象外。それにオレ、マスターには迷惑と面倒しかかけてないから気に入ってるっていうのはナシだと思うよ。『Magnolia』のバイトだから気にはかけてくれてるけど、マスターにとっては、それ以上も以下もないんじゃないかな」

言いながら、だからシンは階段でのことを訊いてこなくなったのだと納得する。勘ぐっていたような裏がなかったことに、自分でも意外なくらいほっとした。

ユイと別れて帰宅後、一寝入りしてハローワークに行くと顔馴染みの職員からとある求人情報を見せられた。小さめの事業所で営業員を募集しているとかで、すでに数人が面接に出向いているという。

今からでも行ってみる気はあるかと問われて、即答で頷いた。二時間後に面接の予定を入れてもらい、いったん帰宅し身支度を整えてから先方に出向く。

面接そのものは小一時間かかったけれど、今回はわかりやすく先方の反応が鈍かった。凹《へこ》んだ気分で帰宅し、シャワーを浴びてリビングのソファに腰を下ろしたところでスマートフォンが鳴った。

手に取った画面に表示された「友部さん」の文字を目にするなり、頬が緩むのが自分でもわかる。そういえばこの時刻、「はる」は午後休憩中だ。すぐさま通話に出ると、「よ、元気か？」と聞き慣れた声がした。

「はい、元気です。友部さんは変わりないですか？」

『いつも通り。そっちは変わったことなかったか？　あいつらが押し掛けてきたりとか』

「何度か来られましたけど、そのたびマスターが丁重に話してそのままお帰りいただいてます。オレはせいぜい遠目に顔を見たくらいで、喋《しゃべ》ってもないから大丈夫ですよ」

心配そうな声にあえて明るく答えると、通話の向こうで友部がほっとしたように息を吐くのがわかった。

『そっか。ごめんな、なるべく顔見に行こうと思ってたんだが、急にいろいろ予定が入っちまってさ。落ち着くまでもう少しかかりそうなんだ』

言葉通り、あれ以来友部も長谷もバーに顔を出していない。メールのやりとりはあっても電話はなく、こちらからかけるのもはばかられたから、友部と話すのはあの夜以来初めてだ。

「オレは平気ですから気にしないでください。友部さんこそ、忙しいのに無理しちゃ駄目ですよ。……あと、この間はいろいろありがとうございました。遅くまでついていてくださったみたいなのに、オレずっと寝ててすみません。仕事とか、支障はなかったですか？」

『ん？　遅くまでも何も、おれは牧田くんを部屋まで送ってすぐ帰ったぞ？』

さっくりとした即答に、穂は一拍呼吸を止める。

「……誰かが傍に、いてくれたはずなんです。翌日の朝ごはんも買ってあったし」

訥々《とつとつ》と言いながら、密《ひそ》かに狼狽《ろうばい》する。二ひく一は一、だ。あれが友部でなかったなら、誰だったかは考えるまでもなく。

『最初は残るつもりだったんだが、シンがついてるって言うから任せたんだよ。そのへんは聞いてねえのか？』

「き、いてないっていうか……頭撫でられた覚えがあったから、友部さんだとばかり」

『おれのが感染《うつ》ったのかもな。牧田くんが寝たあとも気になってつい手が出てたし、シンもすげえ心配してたしさ』

「心配」と繰り返した穂に、友部が「そう」と肯定する。

『牧田くんを探してる間中、珍しいくらい焦ってたし、無事見つけた時のノリって奴への態度がなあ。ふだんあんだけ穏便なのが、まあ氷点下ってーかすげえ露骨に怒ってますーって態度だったんだよな』

「そ、んなにおこって、ました……?」

心当たりは、確かにある。ノリやミトウのやり口が気に入らないと、そこに友人とバイトが巻き込まれたのが我慢ならないと断言するのも聞いた。けれど、友部にそう言わせるまでだったというのが意外に思えた。

言葉を探す穂の沈黙をどう思ったのか、友部はいつもの飄々《ひょうひょう》とした声音で言う。

『シンの怒り方って、低温火傷《やけど》なんだとさ。表情に出さずじわじわ怒るんで、気づいた時は手遅れなんだそうだ。もっともそこまで怒ること自体滅多にないらしくて、ハルカに言ったら珍しいもん見たなって感心されたぞ』

「め、ずらしいもの、ですか」

『それだけ牧田くんが気になったんだろ。——ここだけの話、こないだおれが牧田くん誘ったのって、シンから頼まれたのもあるんだよ。どうも元気がないし食べる量も減ってるから、気晴らしも兼ねて話を聞いてやってくれってさ』

予想外の言葉に、しばらく返事ができなかった。

「……マスターが、友部さんに、ですか?」

『うん。就活とか、いろいろきついこともあるだろうが、あんまり考えすぎんなよ? あと電話ならつきあえるから、何かあったら遠慮なくかけて来な。おれに言いづらいようならシンにも相談してみりゃいい。とにかくひとりで思い詰めないようにな』

「――はい。ありがとうございます、そうします」

複雑な思いを飲み込んで言うと、友部は時間が取れたらできるだけ早めにバーに顔を出すからと言って通話を切った。

『ああ、最後にもうひとつ。あの時、牧田くんをうちまで負ぶってったの、シンだぞ。本人が交替はいらないってんで、最初っから最後まで任せたからさ』

最後に付け加えられた言葉がはっきりと耳に残る。待ち受け画面に戻ったスマートフォンを握りしめて、穂はただ呆然とした。

13

そういえば声を聞いていなかったのだと、バイトに出る準備をしながら気がついた。

あの夜、友部とシンが話しながら出ていったあとで戻ってきた「誰か」は、終始無言のまま穂の頭を撫でていた。友部だと思い込んでいたせいもあるけれど、その手のひらの優しい動きに安心したのだ。ほっとしたら力が抜けて、泥のような眠りに引き込まれた。

……寝入るまで、傍にいてくれたということだ。おそらくはそのあとで、わざわざ朝食まで用意していった――。

「オレ、最低かも……マスターにお礼言ってないし」

どうして言ってくれなかったのかと思いはするが、そもそもあの翌日にきちんと確かめなかった穂の自業自得だ。少々間抜けでも今さらでも、ここはやはりお礼を言うべきだろう。

思い決めてバイトに出たものの、このハードルは思いのほか高かった。

何しろ、正社員への雇用を断ったばかりなのだ。その上、気づかずやらかした無礼まであったとなると、どう声をかけていいのかに迷う。結局、準備中には言い出すことができず、営業時間を迎えてしまった。

シンの態度はいつも通りだ。丁寧な接客をしながらも、今朝の誘いなどなかったように穂の様子に気を配りフォローに回ってくれている。それだけに、申し訳ない気分になった。

「よ。急にごめんな」

下を向いて洗い物をしている時に、カウンター越しに聞き覚えのある声がした。え、と覚えた違和感にすぐさま顔を上げて、穂は目を見開く。

「とも……カズキさん?　あれ、当分は忙しくて来られないんじゃあ」

「ああ、うん。そのはずだったんだけどな」

カウンター前に立った友部が、困ったように笑う。その隣に、長谷ではない別の人物を認めて穂はぽかんとした。

「神野《じんの》店長？　え、あれ？　何でここに」

「ちょっと気晴らしにね。ここ、座っていいの？」

友部の隣でにっこり笑う相手――銀縁眼鏡が似合う男性は、穂のかつてのバイト先であり、現在の友部の勤め先である「はる」一号店店長の神野だったのだ。神野と友部が仲良く肩を並べ、その後ろに不機嫌丸出しの長谷が立つという何とも言えない構図になっていた。

「もちろんです。お好きな席にどうぞ」

「ありがとう。で、このメニューから頼めばいいんだよね？　ほら、一基《かずき》も早く座れば。突っ立ってると邪魔だよ」

当然のように言う神野は、プライベートでは友部と十年来の親友なのだそうだ。にもかかわらずと言うべきか、神野はこれまでこのバーには一度も顔を見せたことがなかった。

理由を聞いたことはないが、何となく察しはつく。そもそもこのバーは長谷の行きつけであり、穂がそうだったように友部もまた彼を経由して知ったはずだ。要するに、長谷が神野をここに連れて来ることに同意しなかったのだろう。

「邪魔っておまえなあ、初めて来ていきなり仕切るか？」

「カウンター前に突っ立ってたら邪魔になるのは常識だろ。――ああ、ハルカもさ、そこにいると鬱陶しいからどっかに座れば？」

「……鬱陶しいのは神さんの方だと思いますが。だいたい神さんが座ってるそこ、俺の指定

席ですし」

ため息混じりに言った友部に神野が即答し、そこに長谷が文句をつける。場所と状況こそ違うものの、「はる」でのバイト中にはたびたび目にしていた光景だ。懐かしさに頰を緩めて、穂はカウンター前の三人を見比べてしまう。

「指定席って何。予約の札も出てないけど？　ていうかさ、おまえらたいがいくっつきすぎだよ。いい加減暑苦しいからハルカは離れててくれないかな」

「何で俺が離れるんですか。そもそも、オマケでいいってついてきたのは神さんでしょう」

「ハルカねえ、社交辞令もわからないのはどうかと思うよ？　一基は甘いかもしれないけど、僕は違うからね」

「神さんにどう思われたところで構いませんけどね。そっちこそ、大人げなく邪魔するのはやめてくれませんか」

「――そんなもん、どっちもどっちだ。んなとこで喧嘩すんなら、ハルカも神もとっとと帰れ。ミノルの仕事邪魔する気かよ」

どこまで続くかと思われた長谷と神野の舌戦は、友部のその一言で打ち切られる。長谷は不満そうで神野は平然としているが、その両方に頓着《とんちゃく》しないのが友部だ。聞こえよがしのようなため息をついて、カウンターの中の穂に目を向けた。

「ごめんな。夕方、ミノルに電話してたの聞かれて、会いたいから連れて行けって尻蹴飛《しりけと》ばされたもんでさ」

「いえ、嬉しいです。カズキさんとハルカさんにも久しぶりですし、店長とはずいぶんご無沙汰していましたし。ええと、オーダーは何にしますか？」

友部を真ん中に並んで座った三人に問うと、友部と長谷からはすぐにオーダーが入った。神野だけが首を傾げ、しげしげとメニューを眺めてから穂を見る。

「作れるのと作れないのがあるって聞いたけど」

「それはオレの話なんです。マスターはどれでも作れますから、お好きなものをどうぞ」

「ふーん？　けどせっかくだし、まきたく……ミノルだっけ、ミノルが作れるやつにしようかな。どのへんがオススメ？」

「オススメですか。えーとですね」

神野とは、「はる」でのバイト中に何度か一緒に飲みに行った。その時の彼のオーダーを思い出して、ウィスキーベースのカクテルの名前を特徴を含めていくつか上げてみた。

ふんふんと頷いて聞いていた神野が、挙げた中のひとつをオーダーする。それを受けて、穂はカウンター内にいるシンに目を向けた。

毎度のことだけれど、自身も接客しながらこちらの状況を把握しているのがシンだ。目が合うなり怪訝《けげん》そうに頷かれて、穂はきょとんとする。そのあとで、「ああ」と気がついた。

友部と長谷が一緒とはいえ、神野本人は初見の客だ。その彼と穂が親しげなのが奇妙に見えたのだろう。

友部か長谷が事情を話すかもしれないし、それがなければあとで説明しておけばいい。軽く決めていつも通りに、けれど手早く丁寧に酒を作った。仕上げた酒をカウンターに並べたコースターの上にひとつずつ置いていくと、さほど興味のなさそうな顔で眺めていた長谷が感心したように言う。

「かなり慣れてきたな。動きが違う」

「阿呆《あほ》。それはうまくなったって言うんだよ」

「確かに手慣れた感じはするねえ。ここでバイトを始めてどのくらい？」

友部の突っ込みに即答で同意した神野が、にっこり笑顔で訊いてくる。笑みを返しながら
「もうじき二か月ですね」と返すと、「へえ」とばかりに頷かれた。

「一基から、いろいろあって求職中だって聞いたけど。今もそう？」

「そんなとこです。なかなか、今は厳しいみたいで」

「なるほど。じゃあさ、うちでフロアスタッフやる気はない？　正社員としてさ」

「――はい？」

世間話の続きのように言われて、穂はその場で固まった。それきり反応できずにいると、神野の横で目を剝《む》いていた友部が言う。

「だからおまえもいきなり……っ、だいたい何だそのフロアスタッフって。求人かけてんの

か？　おれは聞いてねえぞ」

「俺も初耳ですが」

「だろうねえ。一基にもハルカにも言った覚えないし。けど、本気だよ？　ミノルなら即戦力で使えるってことで、社長からも許可は貰ってある。——前向きに考える気はあるかな？」

眼鏡越しの神野の視線は静かなのに何もかも見透かすような色があって、無意識に背すじが伸びた。そこに、もう顔もオーダーも覚えた常連が顔を覗《のぞ》かせて言う。

「取り込み中かな。ごめんミノル、ファジー・ネーブルひとつよろしく」

「はい。すぐに」

常連客に笑顔で返して、穂は神野に目顔で断りを入れる。すぐさま頷いてくれたのを確かめて、手早く酒の準備をした。バースプーンでそっとかき回す間にもこちらを観察する神野の視線を感じて、それが「はる」でバイトをしていた頃を思い出させる。

高校の頃から大学を卒業するまでのバイトの中で、もっとも充実していたのが「はる」だった。特に神野が店長を務める一号店に移ってからは、それまでいた四号店とは比較にならないほど指導が厳しくなった。代わりにほんのちょっとの改善も評価してもらえて、それが励みでありやりがいでもあったのを覚えている。

バイトを辞めると言った時には、目の前の店長からもったいないと引き留めてもらった。社長からも正社員に来ないかと声をかけられて、とても光栄だと嬉しく思った——。

待っていた客からグラスと引き替えに代金を受け取り、所定の場所に入れておく。そのあとで、穂はおもむろに神野を見た。

「……そう言っていただけるのは、すごく嬉しいです。けど、オレは自分の勝手で不義理ばかりしてしまいましたから」

「行きたいです」と答えたいのは山々でも、過去の自分があまりに勝手すぎてできないのだ。あれほどよくしてもらっていながら、自分の都合だけでバイトをやめ、正社員の話も断った。

言葉が続かず俯《うつむ》いていると、神野がくすりと笑う気配がした。

「ミノルって、全然似てないようでいてピンポイントで一基とそっくりだよね。むやみにくそ真面目で融通がきかないところとか。まあ、だから気が合うんだろうけどさ」

「おいこら神。てめえ何言って――」

「一度は正社員断ったのに、あとになって翻すってことなら気にしなくていいよ。今、僕の隣にいる口の悪いフロア責任者とか、もろに前科者だから」

「えっ、ともべさ……カズキさん、が？」

思わず顔を向けると、諦《あきら》め顔の友部と目が合った。神妙な顔で頷いて、友部は言う。

「大学ん時にずっと一号店でバイトしてて、その頃に社長から正社員に入れって声かけてもらってたんだよ。それ断って就職して、営業やってた」

「だからそのへんは度外視でいいよ。ひとまず一度、雇用条件だけでも聞いてみる気はないかな。ただ、配属先が一号店になるとは限らないんだけど」

神野の言葉に、気持ちが大きく傾くのがわかった。

「はる」のバイトを辞めたのには、穂なりの理由がある。その理由は、あれから二年が過ぎる今はすっかり過去のものとなっている。——要するに、「はる」を避ける必要はない。

……昼間の面接の結果は、ほぼ間違いなく「残念ですが」というものだろう。職探しを始めた当初から現在に至るまでの状況を思えば、今後も難しいのは目に見えている。仕事をえり好みできる立場でないことを思えば、破格の申し出だ。

気持ちが定まるのは早かった。顔を上げ、神野を見つめて、穂は言う。

「あの、できれば近いうちに、詳しい話を——」

「お話し中に失礼。営業中にスタッフを勧誘するのは避けていただきたいんですが？」

いきなり割って入った声の、もっともすぎる言い分にびくりと大きく肩が跳ねた。頭から冷水を浴びた心地で、ミノルはいつの間にか傍らに来ていたシンに頭を下げる。

「すみません！　あの、これはオレが」

言いかけた肩を軽く押されて、カウンターから離される。二歩ほど後じさって顔を向けると、カウンター席についた神野と穂の間に立つ広い背中が目に入った。

「これは申し訳ない。バイトの邪魔をする気はなかったんですが、ちょっとばかり気が逸《はや》ったもので」

「それともうひとつ、ミノルの就職に関しては、現在こちらが返答待ちです。申し訳ありませんが、正式な返答が出るまで遠慮していただけませんか」

「あれ？　けど本人からは求職中だと聞きましたよ」

のほほんとした声音でシンと問答していた神野が、怪訝そうに言う。それを聞きながら、穂は混乱気味に目の前の背中を見上げた。

「今朝話したばかりなので、本人も混乱しているんでしょう。しばらく考えて、返事をもらうことになっているんです」

「今がバイトで声をかけたってことは、正社員としてですよね？」

「そうなりますね。こちらとしては、彼に辞められると非常に困るんですよ。即、回らなくなるのが目に見えていますので」

「あー……確かにこの規模をひとりで回すのはきついですよねえ」

話しているのは神野とシンだけで、すぐ傍にいる長谷は呆れ顔で傍観中だ。やや引き気味にふたりを眺めていた友部が、今にもため息をつきそうな顔でシンの背後で突っ立っていた穂を見る。目が合うなり、同情するような顔で頷かれてしまった。

「そちらの言い分もわかりますけど、こちらとしてもせっかくの好機なんですよねえ。そもそも返答保留中なら、他の雇用先の情報を集めるのはむしろ当たり前では？」

「――確かに。ですが、仕事中は避けてください。営業妨害になりますので」

「了解です。確かに今回はこっちが悪い。プライベートで時間を取ってもらうことにして、今日のところは退散しますよ」

あっさり退いたかと思うと、神野はすぐさま腰を上げた。目を向けた穂に、にっこり笑って手を振ってくる。

「また連絡するよ。で、一基から携帯ナンバーとか聞き出してもいい？」

「……はい。あの、すみません！　オレのせいで」

「不作法したのはこっちだから気にしない。顔も見たし、元気そうだから安心したよ。……ああ、有無を言わせなかったのはこちらなので、彼は不問にしてあげてくださいね」

穂に笑顔で言い、思い出したようにシンにそう告げると、神野は背を向けてしまった。

「おいこら待て神っ」

神野を追って、友部が席を立つ。それを呆然と見ていた視界で、目の前にあった長身が振り返るのがわかった。

「――あとで話がある」

屈《かが》み込むように視線を合わせた唇が、低く囁《ささや》く。近すぎる距離のせいだけでなく、向けられた表情の底にある冷ややかさに全身が竦んだ。その肩を手で押さえられ、念押しのように耳元で声が言う。

「逃げるなよ」

「……、——」

やっとのことで、頷いた。とたんに傍をすり抜けていったシンがカウンター内のいつもの位置に戻るのを見つめて、穂は惚《ほう》けたように動けなくなる。

最低最悪だと、今さらのように思い知った。

「——ミノル。大丈夫か」

声に目をやると、カウンターの向こうにひとりだけ残っていた長谷が気遣うふうにじっとこちらを見ていた。

「はい」と笑って頷きながら、その頬が変にひきつっているのが自分でもわかる。そのせいだろう、彼は端整な顔を歪《ゆが》めてため息をついた。

「神さんも神さんだけど、シンもシンだな。何考えてるのか——は、だいたいわかったけど」

「えっ」

きょとんと目を向けた穂を、長谷はやたら複雑そうな顔で眺めてくる。

どういうことなのかと訊きたい気持ちは山々だけれど、先ほどの今で訊き返すのは躊躇われた。横顔に、シンの視線が突き刺さっているのを感じるからなおさらだ。

じきに、友部が席に戻ってくる。顰《しか》めていた顔を穂を見るなり苦笑に変えて、「ごめんな」と謝ってくれた。

「……いえ！　そんな、カズキさんに謝ってもらうようなことじゃあ」

「神が露骨にミノルが目当てなのを知ってて、目的も訊かずに連れてきたおれが悪かったんだ。あのさ、連絡先の話だけど本当に教えていいのか？　厭《いや》だったら我慢せずにそう言えよ。神にはおれから説明しとくからさ」

「店長やカズキさんはどこも悪くないです。マスターが怒ったのは、オレがちゃんとしてなかったせいですし。――ご迷惑をおかけしてしまってすみませんでした」

言って、穂は友部と長谷に頭を下げる。それぞれに物言いたげな顔をしたふたりに、笑顔を作って言った。

「お詫びに一杯、奢《おご》らせてもらっていいですか。何にします？」


自分でもよく知っているつもりだったけれど、本気で怒った時のシンはとんでもなく怖い。

「ここが片づいたら行くから、部屋に帰ってろ」

営業時間を小一時間ほど過ぎた片づけ後、シンからかかった言葉はそれだった。

「はい」と頷いて着替えをすませ一足先にバーを出ると、穂は階段を上って地上に出た。

世間はまだ、明け方と呼ぶには少し早い頃だ。ビルの出入り口から目に入る町並みに人気《ひとけ》はなく、どこも看板や店内の明かりを落としている。等間隔に配された街灯周辺だけが仄《ほの》かな明かりに浮かぶ他は、どこも藍色の闇《やみ》に沈んでいた。

「……──」

逃げてしまおうかとほんの少しだけ思って、自業自得だから仕方がないと思い直した。

接客中に私語に夢中になるなど、正社員以前にバイト失格だ。もしかしたら、シンは穂のそういうところも見通したからこそ「無理」だと言ったのかもしれない。

改めてそう認識し、「部屋で待て」と告げられたことを重たく感じた。

バイト中のことで注意や叱責《しっせき》をされたことは、何度もある。けれど、これまでは仕事上がりに行った食事のあと、コーヒーを飲みながらというのが常だった。

「……そういえば、マスターがうちに来るのって初めて、かも」

家賃の安さに穂が抗議した時、シンは理由として勝手に倉庫に出入りするからだと言った。けれど実際に倉庫に出入りするのは穂だけだし、それもバイト中にシンの指示を受けてという形になっている。結果、シンがあの部屋に入ったのはノリに薬を飲まされ動けなくなった穂を送ってくれたあの時だけだ。

こちらに気取らせることなく、細かい配慮をしてくれる人だ。そんな人に、自ら「部屋に行く」と言わせてしまった。

「それだけ怒ってるって、ことだよね……」

つい先日のユイの訴えが身に染みた。悪いのは自分だとわかっていても、あの表情や目線を向けられたらと思うだけで全身が震えてくる。刃物のようにすら見えたあの雰囲気で叱責されると思うだけで、長いシャツの袖《そで》を手のひらに握り込んでしまっていた。

帰り着いた自宅の玄関先で、とりあえず着替えてお茶かコーヒーの支度をしながら心の準備をしようと思う。ため息混じりに靴を脱ぎかけて、急に気がついた。

「……でも神野店長、お客さんなのに」

バイトの穂が窘《たしな》められるのは当然としても、神野は「Magnolia」では初見の客だ。それをあんなふうに帰した上、追っていったのは友部だけだった。

「マスターらしくないと、思うんだけど」

シンの接客は常に和やかで、滅多なことでは感情を見せない。同じカウンターの中に入っているからこそ気づくことはあっても、客にはまず悟らせない。そういう意味で本当にプロだと、バイトに入ってから何度も思った。

そういう人が、初対面の神野に対して無意味に刺々《とげとげ》しくなるとは思えない。

首を傾げた時、いきなりインターホンが鳴った。

「え、あ、……もう?」

コーヒーの用意どころか、まだ靴すら脱いでいない。とはいえ、この時刻に廊下で待たせるのは申し訳ないと、すぐにドアを押し開けた。

「…………!」

隙間から覗いた人影を見るなりすぐさま引いたドアが、閉じきる前に半端に止まる。見ればドアを手で摑《つか》まれた上に、隙間から玄関の中へと相手の足が踏み込んでいた。

「ひどいなあ。久しぶりに会ったと思ったらそれ？　っていうか、やっぱりミノル、ここに住んでたんだね」

「何で、――何しにっ」

「何でそういう言い方するかな。この間は中途半端なところで邪魔が入ったから、ちゃんと話そうと思ってずっと待ってたのにさ」

強い力で引かれるドアを渾身《こんしん》の力で引っ張り返したものの、隙間にはすでにノリの足だけでなく腰までも入り込んでいる。それでも、諦める気にはなれなかった。

「会いに行ってもバーには入れてもらえないし、ミノルは応対にも出ない。頑張って閉店まで待ってみても仕事上がりにマスターつきで出かけてるしさ。いつ来てもそれってずいぶん過保護だよねえ。なかなか声がかけられなくて困ったよ」

「なっ」

告げられた内容にぎょっとした隙に、強引にドアを引っ張られる。まずいと思った時にはもう、素早く動いた相手が全身をドアの中に入れてきた。素早い動きで閉じられたドアから金属音がして、施錠されたのだと気づく。

以前暮らしていた学生用アパートとは比較にならない広い玄関とはいえ、成人の男がふたり並ぶと狭い。靴を履いたまま上がるわけにはいかず、何よりこれ以上奥にこの相手を入れるのだけは避けたい。

「オレは何も話すことはありませんし、会いたいと思ったこともありません。迷惑です。出てってください」

「へえ。本当に、僕に用はないんだ？」

意味ありげに、ノリは唇の端を歪める。揶揄《やゆ》じみたその顔つきは手を伸ばせば届く距離にあって、その状況そのものに気分が悪くなった。

酒に薬を混ぜたものを、平然と飲ませた相手だ。二度と関わりたくはないし、関わるつもりもない。あとから来るはずのシンを、こんな相手のせいで煩わせるのも真っ平だ。

「あのマスター、ずいぶんミノルのことを気に入ってるみたいだよね」

「…………」

「正直、ちょっと意外だったよ。もっとクールで他人に興味がない人だと思ってた。カズキさんに頼まれたにしても、あの形相であそこまでの剣幕で乗り込んでくるとはねえ」

いったん言葉を切って、ノリは穂を眺める。上から下へ、下から上へと露骨に辿るようにされて、不快感がさらに強くなった。

「そこまで気に入ってるバイトが実は自分に懸想してるって知ったら、マスターはどう思うだろうね？」

切り札を突きつけるような、言い方だった。

「マスターって女には不自由しない人だよ。元彼女を見たことあるけど、リオさんより美形の大和撫子《やまとなでしこ》だったしさ」

「……何でノリさんがマスターの元彼女を知ってるんです？　マスターはバーには恋人を出入りさせないし、お客さん相手の恋愛もしないはずですけど」

又聞きではあるが、ただの常連だった頃から「Magnolia」を知っている立場から見てもそれは事実だろうと思うのだ。さもなければ、過去二年間のどこかでシンの「恋人」の噂を耳にしたたに違いなかった。

「何年か前に、別れたくないってバーまで押し掛けてきたことがあるんだよ。楚々《そそ》とした、泣き顔がきれいな女だった。いわゆる高嶺《たかね》の花タイプって奴」

「押し掛けて、きた……？」

「マスターが何しに来たって顔して、それっぽいこと言ってたからね。カウンター前で少し話しただけで帰らせてたけど、あのレベルの女をあっさり袖にできるあたり、さすがだと思うよ。──だからさ、ミノルはとっとと諦めた方がいいよ？　そういう人が今になって男に走るわけないってことくらい、わかるだろ」

「……それで？」

心得ていることを言われたところで、うんざりするだけだ。しかも相手が相手でもある。他人事《ひとごと》のように気のない声で返すと、ノリは「へえ」と眉《まゆ》を上げた。

「一応、わかってはいるわけだ」

「オレがわかっていようがいなかろうが、あんたには関係ないです」

「そんなこと言っていいのかなあ。ミノル、今はバイトしながら就活中なんだよね。なかなか就職が決まらないんじゃないの？　だからずっと『Magnolia』にいるんだろ？」

訳知り顔で言われて、さすがに顔を顰めた。それを待っていたように、ノリは笑顔になる。

「『Magnolia』は辞めたくないよね？　金の問題もあるだろうし、想い人と一緒に働けるわけだしさ」

「……何が言いたいんです？」

「ミノルはいい子だから、そろそろ僕の恋人になる気になったかなって」

要するに、シンに知られたくなければ自分のものになれと脅迫しているわけだ。

表情を消して見返した穂に、ノリは笑顔のままで言う。

「ミノルが女の子だったら違ったかもしれないけどね。ああ、でも女の子でもミノルみたいなタイプは趣味じゃなさそうだから、どっちにしても相手にされないかな。男同士とか、実は軽蔑《けいべつ》してそうだしさ」

「……マスターには、そういう偏見はないでしょう。ハルカさんとカズキさんのことも、すんなり受け入れてますし」

「人がそうなのは平気でも、自分に降りかかるのは耐えられないって人もいるよ？　男の客に迫られたのは受け流してるみたいだけど、それが仕事中ずっと一緒にいるバイトとなると話が違うんじゃないの」

「――――」

可能性はあると思ったから、返事はしなかった。大学時の友人で、穂のことを知った時に「そっかー、まあ人それぞれだもんなあ」と肩を叩いてくれた友人がそうだったからだ。

今の穂は客ではなくスタッフであって、よくも悪くもシンとの距離は近い。だからこそ、耐えられないことがあってもおかしくはない。

短く息を吸い込んで、穂は顔を上げる。自分でも思いがけないほど、軽い声が出た。

「どうぞ。言いつけてもらって構わないですよ」

「……はあ?」

目の前で、ノリの顔から色が抜け落ちる。それを、間抜けな顔だなと思いながら続けた。

「そういうことで他人の手を煩わせるのもどうかと思うし、オレが自分で言ってもいいですよ。その方があとくされないし、オレも踏ん切りがつくだろうから」

「――っ、いや待てよ！　それ、まずいんじゃないの⁉　バイト続けられなくなったらどうすんだよっ」

どういうわけだか焦った発案者に諫《いさ》められて、さらに気持ちが落ち着いた。

「その時は諦めます。どのみち、まともに相手にされないのはわかってることですし」

「あ、きらめるってミノルっ」

「オレを相手にしないのはマスターの自由だし、それでも好きでいるのはオレの勝手です。けど、その勝手な気持ちが相手に迷惑をかけるなら話は別です」

きっぱり言い切ると、今の今まで変に焦っていたノリが露骨に眉を顰めた。

「そんなの黙ってればすむことだろ？　そのままマスターの近くにいればさ」

「その結果あんたみたいな人につけ込まれて、すごく好きな人に迷惑をかけるわけですか。あいにく前回で懲りたんですけど？」

即答で言いながら、目の前の相手に強引に連れ出されたあの夜のことを思い出す。

最初は奪われたスマートフォンに気を取られ、次には友部の不在に動揺して、唯々諾々《いいだくだく》とノリに従った。その時、友部は自身の判断と機転でその場を切り抜け、穂を探すためシンに連絡を取ってくれていたのに、だ。

大事なものを見極められなかったから、あんなふうに迷惑をかけたのだ。ここで言いなりになったりしたら、必ずどこかで足を掬われる。そういうことをやりかねない相手だと、知っている。

穂が巻き込まれるだけならいい。けれど、穂に何かあれば友部もシンも動いてくれるに決まっている。

それを避けるのが、何より先決だ。それ以上に大事なことは、何もない。

どうせ叶わないとわかっている気持ちなら、思い切ってぶちまけてしまえばいいのだ。「Magnolia」をやめてこの部屋を出て、それきり近づかなければシンと穂のつながりは切れる。友部や長谷との会話で消息が話題に上ることはあっても、顔を合わせなければいつか忘れられる。シンを、変に困らせることもなくなる。

正直、うまくやれる自信はない。みっともなくぶざまなことになって、シンに気を遣わせるかもしれない。けれど、それは一時で終わることだ。いつまでとも知れず、何を言ってくるかもわからない相手に弱みを握られるよりはずっとマシだった。

「――……何、それ。本気で言ってる？」

耳についた不機嫌な声で、穂は我に返った。

いつのまにか、ノリの顔から笑みが消えていた。露骨な顰めっ面で、困ったものを見るように穂を眺めている。

「当然でしょう。ちょうどいいです、これから」

言い掛けた声が、インターホンで寸断された。シンが来たのだと悟ってドアに向かうと、肩を摑まれて阻止される。

「誰だよ。こんな時間に非常識な！」

「約束していた人が来ただけです。予告もなくいきなり来たあんたに言われたくないですね」

まだ窓の外も暗い、いわゆる夜明け前なのだ。そんな中を突然押し入っておいてよく言えたものだと感心した。

言い捨てざまにノリの腕を振り払ったら、今後は背中から抱きつかれた。ぎょっとする間もなく首ごと頭を掴まれ、玄関ドアとは二メートルばかり離れたリビングの出入り口近い壁まで引きずられる。我に返った時にはもう、両手首を背中でまとめて掴まれ、顔を壁に押しつけるように拘束されていた。

「ちょっ……何、するんですかっ」

「約束してたって、あり得ないだろ！　今、何時だと思って——」

鋭い問いが半端に途切れたのは、それが「誰」かを察したからだろう。無言になった相手に、穂は事務的に言う。

「あんたが今、思ってる通りの人ですよ。今日のバイトでオレがとんでもないミスをしたので、その件で話しに来ると言われてたんです」

間違ってもシンが変に誤解されないようにと、穂は早口に説明する。その間にも、インターホンは二度、三度と響いていた。

「離してください。いつまでも待たせるわけにはいかないでしょう」

「冗談だろ。居留守使えばいいいんだよ」

「は？　何言っ……」

言い終える前に、頭から何かを被せられた。驚いて目を瞠った時にはもう、その布の上から口元を押さえつけられている。

インターホンの音が途切れたかと思ったら、金属のドアを叩く音がする。最初は窺《うかが》うようにこつんと間隔を空けていたのが、少しずつ音が太くなり間断なくなっていく。

必死でもがくたび、さらに体重をかけて壁に押しつけられた。わざとなのか、頭を覆った布をきつく後ろに引っ張られて、息苦しさに声が出なくなる。

力が抜け、勝手に膝《ひざ》がかくんと折れた。へたり込むことだけはすまいと必死で力を込めて、穂は壁に身体ごと縋《すが》りつく。それでも緩まない頭の布と手首の縛《いまし》めに辛うじて息を吐きながら、ノックの音がやんでいるのに気づいた。だからといってインターホンが鳴るでもなく、周囲はしんとしている。

「……上出来じゃん。居留守上手だよね、ミノル」

くすりと笑う声を、耳障りだと思った。

そのせいで、直後に響いた金属音の意味に気付くのが遅れた。

14

「——そこで何をしている?」

唐突に聞こえた唸《うな》るような声音に、思考が固まった。

「え、あ、うわ⁉　何でっ？　鍵かけてたよね⁉」

「ここはうちの倉庫だ。俺が鍵を持っていて何か問題があるか」

「そ、うこって、え、だってっ」

「仮眠を取るのに使うこともあれば、ミーティングもここでやる。……で？　その倉庫にどうして、うちを出入り禁止になった奴が入り込んでるんだ」

低い声の響きは確かに知っている人の――この部屋の合い鍵を持っている人のものだ。そして、声が叱責しているのは明らかに穏ではなく、ノリだった。

それなのに、勝手に背中が震えた。そのくらい、険しく冷えた声だった。

「ミノルに会いに来たんだよ。『Magnolia』には入ってないんだから文句ないだろっ？　この間も言ったけど、僕はミノルが好きなんだ。会いたくなって当たり前――」

「自分が会いたければ、他人の所有する場所に強引に押し入ったあげく本人の意向を無視しても構わないと？」

言い合う声を聞きながら、すとんと脚から力が抜ける。両手で壁に縋るようにしてずるずるとその場に座り込み、そのあとで両手が自由になっていることに気がついた。ほっと安堵の息をついたあとで視界を覆っている布を思い出し、外そうと手を上げる。

「そんなことしてない！　インターホン押したらミノルがドア開けてくれたんだ、疑うんなら確かめてみればいいよ！」

強く摑まれていたせいだろう、手のひらや指先が変に痺《しび》れている。もたつくその指で、むしるように布を引き下ろした。直後に目に入ったのは、玄関先に立ってまっすぐにこちらを見ているシンの姿だ。

まともに視線がぶつかって、そのことにどきりとした。

ノリの言葉は事実でもあるけれど、多分に嘘も含んでいる。言わなければと口を開きかけたのに、そのタイミングでシンは穂からノリに視線を移してしまった。

「ドアを開けたのがミノルだとしても、押し入ったことに変わりはない。言い訳の余地はないな」

「えっ」と目を瞠った穂に被せるように、ノリが焦ったような声を上げる。

「何で言い訳？　押し入ったとまで言われる理由なんて」

「だったらどうして土足なんだ。納得できるよう説明してみろ」

指摘に、ノリがぎょっとしたように自らの足元を見下ろす。つられるように視線を落として、気がついた。穂もまた、土足で廊下に上がってしまっていたのだ。

「みっ、ミノルがそのままでいいって言ったんだ。その証拠に、ミノルだって土足だろ。それに、倉庫なんだしさ」

「──へえ？　だったら、ミノルの頭からあんなもの被せた上に壁に押しつけてたのは何だ。新しいプレイか何かか？」

「そ、そう！　僕はよそうって言ったんだけど、ミノルがそのままでいいって」

食いつくように言うノリに、唖然《あぜん》とした。泡を食って口を開きかけた時、またしてもシンと目が合って、穂は言おうとした言葉を飲み込む。

待てと、言われた気がしたからだ。その直後、シンがごくわずかに頷くのが目に入った。

「ここで倉庫として使っているのはそこの一部屋だけだ。そもそもここは俺の元自宅で、仮眠場所でもある。土足を許可した覚えはないし、ミノルもそれは心得ている。そこのスリッパを買ってきたのはミノルだしな」

いったん言葉を切って、シンは冷えた笑みでノリを見た。

「そのミノルが、土足でいいと言い張ったとでも？」

たじろいだように、ノリがじりっと後じさる。すぐ横の壁にぶち当たり、むやみに周囲を見回した。いきなり穂を見たかと思うと、切羽詰まったような声を上げる。

「おいミノル、黙ってないでマスターに説明しろよ！　でないと言っちまうぞっ」

「……は？」

いきなり回ってきたお鉢に、真面目に戸惑った。今にも噛《か》みついてきそうなノリの顔を見て、心底うんざりする。

「どうぞ。言ってもらって構わないですよ」

口にした言葉は、我ながら平坦に聞こえた。

「へっ」と妙な声を上げたノリが、ひきつった顔のまま固まったようにこちらを見ている。その向こう、玄関ドアに立つシンは胡乱《うろん》そうな顔で、そのノリと穂とを見比べている。

思わせぶりになったやりとりに、何か誤解されただろうかと思う。言うならとっとと言えばいいのにと少々焦りながらノリを見据えて、自分の口から言ってしまえばいいのだと思い当たった。

できることなら、もっと落ちついた状況で伝えたかった。思いはするが、実際にそうなったらきっと怖《お》じ気づくばかりで何も言えないに決まっている。

我ながら厄介《やっかい》だと苦く思いながら、穂はまっすぐにシンに目を向ける。躊躇いを振り切るように、言った。

「いきなりで、すみません。実はオレ、マスターのこと好きなんです。恋愛感情です」

「――――」

シンの返事はない。ぽかんだとか唖然だとか、あるいは愕然《がくぜん》と言ったほうがよさそうな表情で、固まったようにじっと穂を見返してくる。

ある意味予想通りの反応だけれど、胸が痛いことに変わりはない。それでも言った以上はすべて伝えておこうと、穂は重い口を開く。

「マスターには迷惑なのもわかってますし、だからどうしてほしいと言うつもりはないんです。不快でしたらすぐ忘れてもらって構いません。……そういうオレがバイトだと困るようなら、そこはきちんと教えてください。間違っても、バーの仕事の邪魔だけはしたくないんです。だから」

煮詰めて固めたような、沈黙が落ちた。

動いたのは、ノリだった。いつのまにかじりじりと玄関ドアににじり寄っていたのが、いきなり身を翻してシンの真横をすり抜ける。気付いたシンが目を向けた時にはもう、玄関ドアを押し開けて転がるように飛び出していた。

逃げ足の速さに、他人事ながら感心した。その時、「ミノルはここで待て」と声がする。返事をする前に、シンは玄関ドアから出ていった。

放置されたドアが、重い音を立てて閉じる。それを聞きながら、ほっとしたような脱力したような複雑な心地になった。

とうとうやってしまった、と思った。ずっと胸につかえていたカタマリがぽろりと剝がれて落ちたようなすっきり感とともに、その箇所がひりつくように痛む。

思いも寄らないことを言われた、という顔をしていた。恋愛対象ですらなかったのだから当然のことと知っていながら、それでも苦い気持ちは消えてくれない。

やっぱり、「Magnolia」はやめるべきだろうか。長谷と別れたあとのように、物理的な距離を置くのが一番いいのかもしれない。

わかっているのに、それでももう少しと思ってしまう。叶うならほんのちょっとでも近くにいたい。いさせてほしい。それが自分の勝手な我《わ》が儘《まま》だと知っていながら、つい望んでしまいたくなる——。

そうやって、どのくらい座り込んでいただろうか。いきなりドアが開く音がして、慌てて顔を上げていた。

戻ってきたシンが、後ろ手にドアを閉じるなり動きを止める。初めて珍獣を目にしたとでも表現したくなるような顔つきで、じーっと穂を見つめてきた。

ぶつかった視線を、外せなくなった。廊下の途中にへたり込んだままの穂と玄関先に立つシンは、しばらくそのままお見合い状態に陥ってしまう。

「あの」と、やっとのことで声を絞った。

「ああ、……どうした？」

我に返ったようにに瞬いたシンが、手早く靴を脱ぎながら言う。それを目にして、そういえば自分は土足だったと思い出した。泡を食って足から靴を引っこ抜き、ほっと一息ついたところで顔を上げると、またしてもシンと視線がぶつかる。

「えっと、すみません。オレ、マスターに面倒とか迷惑をかけてばっかりで」

とたんに、シンは露骨に眉を顰めた。不機嫌そのものの表情を目にして、穂はへらりと笑ってしまう。それ以外にどんな顔をすればいいのか、わからなかった。

どうやら、バイトはやめるしかないらしい。告白しただけであんな顔をされるのでは、近くにいてもきっと目障りになるに違いない。

俯いて、そんなふうに考えていたせいで気付かなかった。近くなった気配に顔を上げて、穂はぎょっと尻で後じさる。

いつのまにか、シンがすぐ傍に膝をついていた。その手に、先ほどまでは見なかった紙袋があるのが目につく。穂の足元に落ちていた布——ノリの上着を厭そうな手つきで押しやると、低く落ちついた声で言った。

「怪我は。どこか痛む場所はないか?」

「……平気です。むしろオレの方が、暴れて向こうの脚とか蹴ったかも」

「そうか」と返った声とほぼ同時に、肘を掴まれる。え、と思った時にはもう、穂は引き起こされていた。

「腹が減っただろう。——キッチンを借りるぞ」

「えっ」

聞き間違いかと思った時にはもう、シンの手は穂の肘から離れていた。そのまま、廊下からリビングに続くドアを押してその向こうに消えてしまう。

ぱたんと閉じるドアをきょとんと眺めたあとで、自分が靴を持ったままだと気づいた。

玄関先に引き返し、揃えた靴を床に置く。無造作に脱ぎ捨てられたシンの靴が目に入って、思わずそれも揃え直した。まだかすかに残っていた体温を感じて、指先が離せなくなる。

……何も、言われなかった。それだけでなく、訊かれもしなかった。

穂に注意するために、来たはずだ。そこにバーを出入り禁止になった元客が土足で入り込んでいたともなれば、言うべきことは山積みになりこそすれ消えるわけがない。

それなのに。

「――――」

寒くもないのに、身震いがきた。のろのろと腰を上げて振り返り、廊下の先にあるドアを見つめて、穂は途方に暮れた。

15

どうやって、切り出せばいいだろうか。

馴染んだはずのリビングのソファの上で、穂は落ち着きなくキッチンを窺った。

シンが持っていた紙袋の中身は、ふたり分の食事だった。「Magnolia」で作ってきたらしい具沢山のスープとサラダに加えてここのキッチンにあった専用の器具でホットサンドまで用意してくれて、どれもとても美味しかった。

そのシンは今、カウンター式のキッチンの向こうでコーヒーを淹《い》れてくれている。

……食事の支度の時は手伝うと、コーヒーの準備の時は自分がすると穂は申し出たけれど、全部断られてしまったのだ。

「Magnolia」でバイトを始めた当初は時間前にカクテルの作り方を教わっていて、そのあとで食事も出してもらっていた。けれどあれはシン曰く時給代わりであって、今回は完全にプライベートの範疇《はんちゅう》だ。上司に当たる人にそこまでさせて自分が座っているというのは、どうにも居心地が悪かった。

食事の準備中も食べている間にも、シンは見事なまでに何も言わなかった。昨夜のバーでの失敗だけでなく、つい先ほどのノリとの一幕に関してもほのめかすことすらしない。

今の穂には、それがどうしてか何となく察しがついていた。

なかったことにしようという、意思表示だ。穂のあの告白を聞かなかったことにして今まで通りに過ごそうという、いわゆる大人の対応というやつだろう。

シンのことだから、内心はどうあれ態度を変えることはないはずだ。穂は安心してバイトを続けられるし、就職したあとも常連として「Magnolia」に顔を出すこともできる。

望み通りの、結果と言えるはずだ。それなのに、鋭い爪《つめ》を立てられたように胸の奥が痛かった。

不快だったら忘れていいと言ったのは穂で、覚悟していたとはいえ断られるのは辛い。けれど、ずっと抱《いだ》いていた大切な気持ちを、告白した事実ごとなかったことにされてしまうのはそれ以上に苦しかった。

厭がられて軽蔑されたとしても、それがシンの本心なら受け止める覚悟はある。それすらしてもらえないなら、つまりシンにとって穂はそうするに値しない存在だということにはならないか。そう思い、無意識にぐっと奥歯を噛んでいた。

少しは信頼関係が作れていたと思ったのに、それも錯覚だったのか。そう思ったあとで、すとんと結論が出る。正社員は「駄目」で、昨夜あんな初歩的なミスをしたバイトに、そんなものがあるはずがない。

考えている間に、俯いていたらしい。急に目の前に愛用の真っ青なマグカップを突き出されて、ただ瞬いてしまっていた。

「……ミノルのカップだと思ったんだが、使ってはいけなかったか？」

「い、いえっ。オレのです、ありがとうございます」

受け取ったマグカップの中身は、ほんのりと柔らかいベージュ色だ。一緒にコーヒーを飲みに行くたび穂がオーダーしていた、カフェラテと同じ色だった。

……興味がないんだったらそんなふうに気遣わず、放っておいてほしいのに。

ぽつんと落ちた気持ちは、恨み言ではなく泣き言だ。

こんなふうに、さりげなく気付いてくれるのが嬉しかった。恋人だった頃の長谷の言いなりになってくれる優しさよりも、友部の兄のような思いやりよりも、今はシンのさりげない、ともすれば見過ごしてしまうような心遣いが心地よかった。

だからこそ、無理だ。何もなかったことにして過ごせるほど、穂は割り切りがよくはない。

「……ご馳走さまでした。すごく、美味しかったです。ありがとうございました」

何から言おうか必死で考えて、最初にこれをと思って口にする。

もとからあった白いカップを手に向かいのソファに腰を下ろしたシンが、鷹揚《おうよう》に頷く。しばらく黙って穂を見たあとで、いきなり言う。

「自分で玄関を開けたのか?」

いきなりすぎて、何のことかすぐにはわからなかった。数秒後に意味を悟って、穂は素直に頷く。

「帰って、靴を脱ぐ前に考えごとをしていて……時刻が時刻だし、てっきりマスターだとばかり思ったから、ドアスコープも見ずに」

「わからなくはないが、今後は必ず先にドアスコープを確認しろ。このあたりは深夜から明け方でもそこそこ人通りがある。どこから誰が上がってくるかわからない」

「はい。すみません」

「それで? ノリに何を言われたんだ。脅迫されていたように聞こえたが」

「…………」

なかったことにするのではないのかと、思わず目を瞠っていた。返事に詰まっていると、静かな声が返事を待たずに続く。

「言いなりにならなければ俺に話すとでも言われたんだろうが、いったいいつあの男とそんな話をした？」

目的語をぼかした言葉は、けれどシンがそれをしっかり把握している証拠だ。予想外の展開に思考がついて行かず、穂はつい言葉を濁す。

「あ、……えーと。その」

「うちを出入り禁止にしたあと、どこかで会っていたとも思えないしな。……カズキさんとはぐれたあの夜か」

穂の返事を待たず、シンはさっさと答えに辿りついてしまった。そのまま、再び視線を向けてくる。

何度も思ったことだけれど、この人の視線には色がない。きっとこうだろうとかこうに違いないとか、こうあってほしいといった私意や思惑を感じさせないから、強いのに当たりが柔らかい。友部の目の力も強いけれど、彼のそれは本人の意志を映した結果で、だから強さは似通っていても印象がまるで違うのだと思う。

「……尻軽だって、言われました」

ぽろりと出た言葉は、ほとんど自嘲に近かった。自分の耳で聞いたあとで何を言ったのかに気付いて、穂はぎょっと顔を上げる。目の前のシンが露骨に顔を顰めているのを知って、自分で自分を殴りたくなった。

「す、みません。あの」

「どういう意味なんだ。何でそんなことを言われなきゃならない？」

鋭く返った問いの内容の思いがけなさに、穂はぽかんと口を開ける。ぶつかった視線を逸《そ》らせないまま、おずおずと言う。

「……最初が長谷さんで次が友部さんで、今度がマスターだから、だそうです。三人が親しい友達同士なのがわかってて、よくそんな気になるもんだって言われました」

「本当に尻軽なら、とうにカズキさんに告白しているはずだ。あの人はミノルには甘いから、その気があれば十分につけ込める。けど、実際には弟分をやってるだけだろう」

「そ、れはそう、なんですけど。でも、一理あるかなって思って」

「ハルカの時もカズキさんの時も吹っ切るまで一年近くかかって、その間は誰ともつきあってなかったよな。それを尻軽だと言い出したら、世間は尻軽だらけになるんじゃないのか？」

「え、と。でも、実際に長谷さんは友部さんとつきあってて、マスターはそのふたりと親しいですよ、ね？　だったら」

「恋人だった時のハルカとすら、ミノルは一度もホテルに行ったことがないのにか」

「……えっ、あの、何でそれっ」

辛うじての反論に、爆弾じみた言葉が返される。反射的に問い返したあとで、穂はそれが肯定になってしまうことに気がついた。同時に、訝《いぶか》しく思ってしまう。

友部と恋人同士になる前の——穂が恋人だった頃を含めての長谷は、男女を問わず次々と恋人を作っては別れる人だった。別れたあとでたびたび耳にしたのは、「恋人」でいる間の彼の誠実さと、つきあっている間も別れたあともけして相手との経緯や事情を他言しないということだ。だからこそ元恋人たちとも友人づきあいが続くのだろうし、二か月の間、キスしかしていなかった穂でも当然のように周囲から長谷の恋人として扱ってもらえた。

それなのに、どうして。

「一度だけ、ハルカからミノルの話を聞いた。二か月傍にいたがどうにも手が出せなかった、と」

「あー……うん。わかります。オレ、まともに相手にされてなかったから」

言いづらそうに、しかも「一度だけ」と断るのだから本当に例外的なことだったのだろう。長谷のこともシンのこともそれなりに知っていると自負するだけに悪意には受け取れなくて、それでも穂はほろ苦い思いがした。

穂にとって、長谷は初めての恋人だった。彼に合わせるどころかついていくのがやっとで、それでも触れ合うだけのキスに慣れた頃にはその先に進む気配を見せない長谷に訝る気持ちが起こった。

当時大学生だった穂の周囲ですら、もっと早く先に進む恋人同士ばかりだったのだ。怪訝に首を傾げながら、男同士では勝手が違うのか、そうしたことに疎い穂に合わせてくれているのかと漠然と解釈していた。

そんな頃に、「Magnolia」で長谷の噂を聞いたのだ。曰く、「早い時は恋人になった当日中、遅くとも三日以内にはホテル行き」というもので、素直に驚いた穂に気づいてか周囲にいた顔見知りたちは次から次へと長谷の過去の行状を披露してくれた。

(ミノルはこれまでの相手とは毛色が違うからな。特別扱いされてるんじゃないの)

誰かが口にした気遣いの言葉に、浮いているのは自分の方なのだと思い知った。

ちゃんとした恋人同士になりたくて、自分なりに努力した。拙《つたな》いなりに誘ってみたこともあるし、少しでもその気になってもらえるよう頑張ってもみた。

その全部が、ことごとく空振りに終わったのだ。最終的に気持ちが折れる寸前に、これが最後のつもりで本心を聞き出そう別れ話を持ちかけたら承諾されてしまった、というのが本当のところだった。

「相手にされていなかったというより、勝手が違いすぎて動けなかったらしいぞ」

「あの、それ、どういう……」

「当時のハルカは基本的に、遊び感覚で恋愛できる相手を選んでつきあってたんだ。けど、ミノルは全然慣れていなかっただろう」

酔った勢いで穂の告白を受けて了解したものの、翌朝になって我に返るなり長谷は「しまった」と思ったのだそうだ。

「穂の気持ちには気づいていたが、遊びには向かないタイプだともわかっていたらしい。もっとも、個人的に気に入っていたのも事実なんだろうな。そうでもなければもっと早く別れるよう仕向けていただろうし」

そうしてつきあってみたら、穂は予想以上に真面目で一生懸命だった。可愛いとは思ったが恋愛感情を持てるかと言えば話は別で、穂が真剣で必死だと伝わってくるだけに自分が安易に手を出していいとは思えなくなった、と長谷がこぼすのを聞いたという。

「そんな、だって」

「ハルカにも、自分がいいつきあい方をしていないって自覚はあったわけだ。巻き込んでいい相手と、向いていない相手がいるということも含めてな」

つまり、穂は「向いていない」と判断したということだ。だから、キス以上には触れてこなかった……？

初めて聞いた話に、俯いて考える。そして「ああ」と気付く。

本気で思われていなかったとしても、軽く扱われたことは一度もなかった。大事にしてもらっていると知っていたからこそ、きちんと恋人扱いしてもらえないのが苦しかったのだ。いい加減な扱いをされていたらもっと早く、ずっと楽な気持ちで見切りをつけられた。

「だって、そういうの……たちが、悪すぎませんか」

「非常にたちが悪いな。だから、俺も含めてハルカと親しい人間はカズキさんがいてくれてよかったとつくづく思っている。ハルカだけじゃなく、ハルカの周囲にとっても」

「――――」

そうかもしれないと素直に思った穂を見つめて、シンは話の続きのように言う。

「それはそうと、確かめておきたいことがあるんだが」

「あ。あのっ」

聞いた瞬間に、「来た」と思った。言われる前にと、穂は急いで頭を下げる。

「いきなりとんでもないことを言ってしまってすみません！　でも、けして迷惑はかけませんし、邪魔にならないようにします。マスターが困るならバイトも辞めるし、『Magnolia』にも近寄らないようにします。だから、ちゃんと本当のことを言ってくださいっ」

一息に言い終えて、顔を上げずに返事を待った。けれど返ってくるのは沈黙ばかりで、穂は下を向いたまま首を傾げる。反応が気になって、おそるおそる顔を上げた。

真向かいに腰を下ろしたシンは、無言のまま、真顔でじいっと穂を見つめていた。

視線がぶつかって、それきり逸らせなくなった。

ソファにゆったり腰掛けたシンは長い脚を無造作に組んでいて、とても落ち着いた様子だ。引き替え、穂は今の時点でいっぱいいっぱいで、同じようにソファに座っていてもかちんこちんに固まっている。

お見合い状態になって、どのくらい経った頃だろうか。シンが、軽く息を吐くのが聞こえた。

「――さっきノリの前で言ったことは本当だと思っていいのか？」

声もなく、辛うじて頷いた。

「いったいいつから……いや、その前に、だったら正社員の誘いを断った理由は何なんだ？」

「えっ」

そこでその話に振るのかと思ったものの、口に出せるはずもない。さらに言うなら盗み聞きに近い部分なだけに言いづらい。躊躇していると、先にシンの方が続ける。

「うちに来るのは即答で断ったのに、『はる』の店長には色好い返事をしていただろう。あれはどういうことだ？」

「あ、あの？」

矢継ぎ早の問いに、困惑した。神野の件で叱責されるのは覚悟していたけれど、そういう意味で咎められるとは思ってもみなかったのだ。

「ミノルには学生の頃からやりたい仕事があったんだろう。その方面で就職したいから、うちに来るのを断ったんじゃなかったのか？」

「えっ……」

「もちろん、それはそれでミノルの自由だ。だが、『はる』の店長に誘われた時には早々に前向きになっていただろう？　あれはどういうことなのか、はっきりした理由を訊きたい」

就職活動がきつい状況なのは見ていれば察しがつく、とシンは言う。精神的にも苦しいだろうし、早く決めたいのもわかる、と。

「だとしても、うちを断った理由がわからないんだ。バイトとはいえミノルはよく頑張ってくれていると思っていたし、こちらとしてもそれなりにうまくやれているつもりだった。――だが、どこかに問題があったんだろう？　確かに昼夜逆転に近い仕事ではあるし、気苦労も絶えないとは思うが」

「違います！　そういうことじゃなくて」

「だったら、カズキさんがいるからか。『はる』に行けばカズキさんと一緒に働けるから？」

「それも違いますっ。友部さんは関係ないです、オレは確かに『はる』が好きですけど、それに負けないくらい『Magnolia』も好きなんです。でも、『Magnolia』は無理なんです。だって、マスターがそう言ったじゃないですか！」

言い返したあとで悔やんでも後の祭りだ。まっすぐにこちらを見たシンに「何の話だ」と訊き返されて、穂はとうとう観念する。

「ごめんなさい。友部さんとマスターが話してるの、聞いてました。友部さんがマスターに、『Magnolia』の正社員にオレはどうなのかって言ってくれた時、マスターがそれは駄目だって答えてたのも」

おずおずと返した穂を見たままで、シンは少し考える素振りを見せる。ややあって、思い出したように目を見開いた。

「カズキさんと一緒にミノルをここに送ってきた時か。目が覚めてたのか？」

「身体が動かなくて瞼も開かなかったから、寝てたんだと思います。けど、耳は聞こえてたんです」

「なるほどな。……だったら最後まで聞いてほしいものだが」

困ったように言われて、穂は目を見開く。それへ、ため息混じりにシンは続けた。

「ミノルが聞いたのは途中までだ。そのあとはこう続く。――どうしてもやりたい仕事があると聞いていますから」

「…………」

呆気に取られ、目も口も開けたままで、穂は先ほどのシンの言葉を思い出す。

「で、でもあの、何でですか？　オレ、そんなこと、マスターに一言も言ってない……」

言葉が途中で止まったのは、自分でも思い当たることがあったからだ。果たして、シンはあっさりと答えを寄越す。

「ずいぶん前にカズキさんから聞いた。『はる』のバイトを辞める時にそう言ったとか」

やっぱりと、思うなり全身から力が抜けた。

「それ、ただの口実だったんです。長谷さんと別れて、それでも『はる』でバイトするのがきつくて……けど、店長もまわりもオレと長谷さんがつきあってたとは知らないし、バイトに不満もなかったから何か理由つけなきゃと思って」

「やっぱりそうか。さっきから見ていて、そうじゃないかと思っていた」

そう言うシンも、苦笑しているようだ。幸いなことに腹を立てている様子ではないけれど、できれば自分で穴を掘って埋まりたくなった。

「で、でも、じゃああのあとで正社員に誘ってもらったのって」

「カズキさんと話したあとで考え直した。駄目もとで構わないから、言うだけ言ってみようかと」

だから穂が断っても態度が変わらなかったのだと、すとんと胸に落ちた。

結局、穂の自業自得だったわけだ。過去についた嘘が伝わったあげく、身近な人に気を遣わせて、結果的に話が拗れかけた。

「それで？　どうするんだ。『はる』で雇ってもらうつもりか？　接客業に就くのに問題がないなら、是非ともうちに来てほしいんだが」

「――――」

思いがけないことの連続で、すぐには答えが出なかった。

最初はなかったことにされるのだと思って、それよりは離れてしまおうと決めていた。なのに今、シンは穂の話を聞いた上で「Magnolia」に来ないかと声をかけてくれている。

正直に、嬉しいと思う。同じだけ気後れもある。

シンはまだ、穂の告白をどう思ったのかを答えてくれていない。聞けないままで今後のことは決められないし、決めたあとでやめたとも言いたくはない。

再び落ちた沈黙は、先ほどまでとは違って困惑を含んでいるようだ。この場合は穂から切り出すのがスジだろうかと思った時、またしても先にシンが口を開く。

「ノリの話だが、念のため厳重注意をしておいた」

「えっ」

「インターホンにもノックにも反応がなかった時点で何か起きたと想定して、ムービーを撮ってあるんだ。俺がドアを開ける前から、ノリが気づいて振り返るまでは動画が、そのあとは音声が残っている。それを伝えた上で、警察に届ける用意があると言っておいた」

「はあ……」

あの短時間にそこまでしたのかと、単純に感心した。

素直に頷く穂をどう思ったのか、シンが軽く眉を上げる。話の続きのように言った。

「警察沙汰《ざた》までは考えてなかったようで、顔が青くなっていたな。そのついでにミノルの片思いではなく両思いだと判明したので、今後は誰も近づける気はないと釘も刺しておいた」

「そうなんですか……わかりました」

ひとつ頷いて、そのあとで「あれ?」と思った。

それきり黙ったシンと、これが何度目とも知れないお見合い状態に陥る。固まったように動けないまま、頭の中で繰り返し響くのはたった今のシンの台詞の最後の部分だ。

――ミノルの片思いではなく両思いだと判明したので、今後は誰も近づける気はないと釘も刺しておいた。

最初は音の羅列だった言葉が、意味を持って頭に染み込んでくる。そこに含まれた明確な意図に、気がつけば目を瞠ってしまっていた。

火が点《つ》いたように、頬が熱くなる、顔どころか、耳まで火照ったように痺れてくる。自分のその変化に自分で煽《あお》られて、顔じゅうが真っ赤になるのが鏡を見なくてもわかった。

真面目な顔でじっとこちらを見ていたシンが、ふっと表情を笑みに変える。それを目にするなり、熱で顔が破裂するかと思った。

「あの、だって！　だって、マスターがつきあう人は大人の女性だって前に聞いてるし、オレ顔がこんなでも男ですし！　一応大学は卒業したけどまだ大人って言うにはおこがましいし！　それにあの、『Magnolia』でもマスターには迷惑をかけてばっかりで、好きになってもらえる要素なんかひとつもないんじゃあ」

「ああ。正直、俺もそう思っていた」

平然と、しかも即答で返されて全身から空気が抜けた。楽しみに膨らませていた風船を目の前で割られた気分で悄然《しょうぜん》としていると、声は続ける。

「――けど、どうやら違ったらしい」

「えっ……」

顔を上げるなり、またしても視線がぶつかった。かあっと全身が熱くなるのがわかって、なのにどうにも目を逸らせない。

「参った。……正直、先に言われるとは思ってもみなかったんだ。これから手を回して囲い込むつもりだったんだが」

「か、かこ……？」

「ミノルはまだ、カズキさんが好きなんだろうと思っていたからな。ハルカの時も別れて当分は吹っ切れないようだったし、カズキさんにはかなり懐いているだろう。こっちとしては長期戦覚悟で、先に周りを固めてから腰を据えて口説く予定だった」

告げられた内容に首を傾げた穂に、シンは肩を竦めて言う。

「一番好都合なのはうちに正社員で入れてしまうことだが、それが無理ならバーの常連でいてもらえればいい。前より心理的距離は縮んだはずだから、バイトを辞めた時は個人的に誘おうとね」

「えっ。でもそんなことしたら、常連さんたちに気づかれるんじゃあ」

「気づかれても構わないくらいの気持ちはある。……ああ、そういえばハルカにはバレてるぞ。昨夜の帰り際、あまり追いつめるなと声をかけてきた」

「ええっ？　じゃああの、友部さんにもっ？」

反射的に、そう訊き返していた。直後、目の前のシンが露骨に顔を顰めたのを知ってどきりとする。

「……まだ、カズキさんが気になるか」

「あのっ、違います！　そうじゃなくて、長谷さんと友部さんていつも一緒にいるし仲好いし、だから共通認識っていうかそんな感じになってるのかなって……あと、『Magnolia』に入ってからは、オレほとんど友部さんとしか会ったり話したりしてなくて、それで」

必死で訴えているのに、シンの表情は変わらないままだ。今さら変に誤解されるのだけは避けたくて、穂は必死で言い募る。

「友部さんのことは確かに好きでしたし、今でも好きです。でも、恋愛感情じゃなくて、身内とか兄弟といる時みたいに落ち着くっていうか、楽しいんです。……あの、前に友部さんとマスターでここまで送ってもらった時、ついててくれたのはマスターだったんですよね？　オレ、ずっと友部さんだとばかり思ってて、それで安心してたんです。だから、あとでマスターだったって聞いて驚いて、すごく落ち着かなくなったんですけど」

いったん言葉を切って、穂はシンに頭を下げる。

「お礼が遅くなって、本当にすみません。あの時は、ありがとうございました」

「もう終わったことだからいい。——けど、何でカズキさんだと思ったんだ？」

「頭を、撫でてくれましたよね。そのせいなんです。友部さんにはしょっちゅうされるけど、マスターからは滅多になかったから、てっきり」

「それだけの理由で？」

「そうです、よ？」

他に何かあるのかと気になって問い返すと、シンは広い肩を竦めた。

「こっちとしては、あれでミノルはまだカズキさんが好きなんだと確信したんだが」

「えっ」

「寝言でカズキさんを呼んだんだとばかり思っていたからな。——それにしても、俺だと聞いて落ち着かなくなった、か。あまりいい意味にも聞こえないが」

考え込むように言われて、どうしてそうなるのかと焦った。

「違います！　だってその、好きな人の前で落ち着けるわけないじゃないですか！　変なところや駄目なところは見られたくないし、それがなくたって近くにいたらどきどきするしっ」

「へえ？　俺が傍にいると、ミノルはどきどきして落ち着かなくなるのか」

笑い混じりの声に、けれどこれまでにはなかった色を感じてぞくんと背すじが揺れた。無意識に両手を握りしめたあとで、穂は自分が誰に何を主張していたのかに気づく。

全身が、爆発するかと思った。考えるより先に、穂は俯いて頭を抱えてしまう。

穴があったら入りたい、なければ掘ってでも飛び込みたいと切実に唸っているうち、周囲が妙にしんとしていることに気がついた。頭を抱えたままでそろりと目だけを上げてみると、シンは相変わらず向かいのソファにいて、何だか楽しそうな顔でじーっと穂を見つめている。

目が合うなり首を傾げられて、その仕草を「可愛い」と思ってしまった。同時にそれが催促だとも悟って、穂はさらに途方に暮れる。――要するに、先ほどの彼の発言への返事を待たれているのだ。

返事、と考えたとたんにその場から逃げたくなった。さっき何度も言ったはずだと自分を鼓舞して、穂は必死で声を絞る。

「さっき、ちゃんと言いました！　オレ、一度も嘘は言ってない、ですっ」

「……ふうん？」

言った反動で俯いた耳に、シンの意味ありげな声が届く。気になって上目に窺うと、長身が身軽にソファから腰を上げるのが見て取れた。

怒らせたか、それとも呆れられたのだろうか。このまま、帰ってしまうのだろうか？

つい目で追いかけていた穂に気づいたらしく、立ち上がったシンが視線を合わせてくる。それだけで、ぼっと頬が熱くなった。そんなに見られたら今にも蒸発して消えてしまいそうで、けれどそうなってしまっても幸せかもしれない。

そんなことを真面目に考えていたせいで、気づくのが遅れた。

不意打ちで真横にやってきた気配が、ソファの左側の座面を沈める。あれ、と思った時にはもう、耳元で低い声に囁かれていた。

「だったら実地で確かめようか」

「えっ」

背中を横切った腕に、左の肩を抱かれる。遠くで覚えていたシンの香りが鼻先を掠《かす》めたかと思うと、胸元にシンの頭が寄せられていて――。

「う、……うぇっ⁉　あ、あのっ、何でっ」

驚きのあまり、声が裏返った。その耳に、「厭か？　だったらやめようか」との声が届く。

声もなく、首を横に振っていた。困っている、戸惑っている、どうすればいいかわからない。全部本当だけれど、それでも確かに厭ではないのだ。

かちかちに固まったまま、息も殺すようにしていると、胸元に耳を当てていたシンがわずかに動いた。続いて、「ああ、本当だ」と声がする。その声の近さに目眩《めまい》がした。

告白をして、おそらく受け入れてもらった。たぶん、これは両思いというヤツなんだとは思う。思うけれど、いくら何でも近すぎないだろうか。

ぐるぐると回る思考に気を取られているうちに、頬を少し低い体温にくるまれた。慌てて瞼を開くと、今にも額がぶつかりそうな距離にいたシンと目が合う。

頭の中が、ショートした気がした。それが顔に出ていたのだろう、間近のシンが吹き出すのが見えた。

それはないだろうと、ちょっとむっとした。

「マスター、そこで笑いますか……？」

「悪い。だが、いかにも慣れてないな。ハルカとはキスくらいしたんだろう？」

からかうように言われて、穂はむっと眉を寄せる。

「そういうのを訊くのは反則です。第一、マスターとは全部初めてじゃないですか！」

「ああ……悪かった。そういうつもりじゃなかったんだが」

優しい声とともに、するりと頬を撫でられる。あれ、と思った時にはさらに距離が近くなっていて、何が起きたかと再び固まった。そんな穂をじっと見つめたかと思うと、シンはふと笑って言う。

「キスしても構わないか？」

「う、……えっ？」

あまりの急展開に、頭がついて行かない。それでも厭ではないのは確かで、だからぎくしゃくと頷いた。

目元で笑ったシンが、穂の頬から顎《あご》へと手のひらをすべらせる。指先で擽《くすぐ》るように顎を取られ、上向かされて思考が完全に止まった。あとは、近づいてくる端整な顔を声もなく見ているだけだ。

「……ミノル、目は閉じた方がいいぞ」

「う、……はいっ」

言われて気がついて、瞼をぎゅっと閉じた。直後に笑う気配がしたけれど、もはやそれを気にする余裕もなかった。

緊張しきった唇にそっと触れた体温が、呆気なく離れていく。物足りなさを覚えたのを見透かしていたように、触れては離れ、離れては啄《ついば》まれた。顎のラインや耳朶《みみたぶ》を指先で擽るようにされて、穂は無意識に呼吸を詰める。

耳に響く水音に、肌の表面が緊張する。唇の感触も伝わってくる体温も、かすかに触れる吐息も匂いもこの上なくリアルなのに現実とは思えなくて、躊躇いがちに伸ばした指でシンのシャツを握ってみた。

背中に回っていた腕がそっと動いて、やんわりと抱き寄せられる。触れて離れるだけで酩《めい》酊《てい》感《かん》を呼んだキスが、唇の端から頬へ、鼻の頭へと移る。仕上げのように額を啄まれたあとは、頭ごと胸元に抱き込まれた。

ぼうっとしたまま寄せられた胸元に頭を預けたものの、実感の薄さにか本当にシンだろうかという疑問が湧《わ》いた。顔を上げるなりこちらを見ていたシンと視線がぶつかって、それだけでどきりとする。

「……あの。訊いていい、ですか。マスターこそ、さっき言ったことって本当ですか？」

「ん？」

「い、つからそうだったのかとか、思って。だって、そんな素振りとか全然なかったじゃないですか。それに、その……マスターって本来、女性と恋愛する人なのにオレでいいのかなって」

しどろもどろに、それでもどうにか言い終えた。

「俺が信用できない？」

最後まで黙って聞いていたシンが、眉を上げるようにして笑う。それへ、首を横に振った。

「そうじゃないんです。ただ、その……いきなりすぎて、気持ちがついていかないっていうか。相手にされるわけないと思ってたから、都合のいい夢を見てるみたいで」

「大丈夫だ。わかってるから」

柔らかい声とともに、頬を撫でられる。友部にも、過去の長谷にもされたことのない仕草に、それだけでどきりと心臓が跳ねた。そのあとで、自分がソファの上で完全にシンの腕の中に収まっているのを自覚する。

やっぱり近すぎる気がして、落ち着かなくなった。けれど、もぞりと動くなり優しい腕に、けれど断固とした力で捉《とら》えられて、どうやら逃げられないらしいと観念する。

「ハルカから紹介された時点で、ミノルのことは気になってたんだ。もっともその時は、ハルカの相手には向かないんじゃないかと思ったせいだが」

おそらく続かないだろうという予想通り、穂と長谷は二か月で別れた。その後、しばらく「Magnolia」から足が遠のいていた穂は、その後再び常連として戻ってきた時にはシンの中で「友部のお気に入り」という位置づけになっていたという。

「ミノルを個人的に認識したのは、去年だな。酔いつぶれたカズキさんを送っていったあと、ふたりで話をしただろう。その時に、こちらが考えていた以上に芯がしっかりしているんだと思った。カズキさんにあれほど気に入られるのにも納得した」

「えっ、だってあの時はオレ、愚痴って泣いて迷惑かけただけで」

「愚痴と言うほど愚痴にはなっていなかったが？　そのあとも自分で折り合いをつけていっただろう」

カウンターの中にいるとよく見えるものなんだと、シンは笑う。

「真面目でしっかりしている上に、考え方がまともだ。そういう認識があったから、うちのバイトに入れるのにも抵抗がなかった。――予想以上によく動くし、時間外に呼び出されても厭な顔ひとつせず熱心に勉強するから、大したものだと感心した。だからこっちも教えるのに熱が入ったし、気がついたら構っていた」

告げられる言葉は思いがけないものばかりで、穂はじっとシンを見つめる。その頬をつつかれ、髪の毛を撫でられて、心地よさに目が細くなった。

「真面目な話、前の正社員とは一度も食事に行かなかったし、何かしてやろうとも思わなかったからな。もともと人の世話をするのは好きじゃないんだ」

「そ、……うなんですか？　何か、マスターって世話好きっていうか、甲斐甲斐《かいがい》しいイメージがあるんです、けど。仕事中もそうですし、去年友部さんを送っていった時とかも」

「営業中はそれも仕事だと思ってるから別枠として、プライベートでは相手を選ぶんだ。カズキさんにはハルカが面倒をかけているし、俺もいろいろ助けてもらっているからな。あの人でなければ強引に起こすか、もっと前の段階で帰らせていた」

そう言われても、穂の認識ではシンはふだんから気遣いの人だ。本人の言葉を疑うつもりはないけれど、どうにも違和感を覚えてしまう。

「少しずつ絆《ほだ》された部分が大きかったんだが、最初のきっかけはユイの件だな。ミノルから露骨に距離を取られたのが、自分でも驚くくらいショックだったんだ。ふだん素直なのに、あの時に限って何も言わなかっただろう? それが、信用されていないからだと思えた」

何度訊いてみても口を噤む様子にこれ以上穂を問いつめても無駄だと察しがついて、ユイに会いに行ったのだそうだ。あとは彼女から聞かされた通り——。

「穂らしいとは思ったが、本音を言えばひとりで悩むのではなく話してほしかったな。……だが、俺が話したところで無駄だろうと思った。それで、カズキさんに連れ出してやってほしいと頼んだんだ」

正直言って悔しかったが、とシンは言う。そう感じた時点でおよそ自分の感情を認めていた、とも。

「決定打が、さっきのあいつだ。カズキさんと探し回ってやっと見つけた時、ミノルはバーの席であの男に抱きつかれていただろう？」

問いかけるように言いながら、伸ばした指先で穂の唇を撫でる。それでは返事ができないと眉を下げたあとで、そういえばあの時、ノリから無理矢理にキスをされたのを思い出した。見られていたのかもと思った瞬間に、凪《な》いでいたはずの気持ちに波が立つ。首を竦めたとたんに後ろから頭を摑まれ、今度は予告なしに吸いつくようなキスをされて、肌がざわめくのが自分でもわかった。

「——カズキさんから、ミノルが連れ出されたと聞いた時は動転したよ」

すぐさま合流し、使える限りの伝手《つて》を辿って穂を探した。折り返し連絡を待つ間が惜しくて、手近な飲み屋を片っ端から覗いて探し回った。

仕事柄その手の店に知り合いが多いとはいえ、どこも商売まっただ中だ。穂の写真と正確な服装を告げたとはいえ、ある程度の時間がかかる。それだから、居場所が特定できた時もほっとするより焦りが先立った。

「あの男とミノルが一緒にいるのを見た時に、自分でもぎょっとするほど腹が立ったんだ。何しろ最初に思ったことが、人のものに勝手に触るな、だったからな。その時に、間違いないと確信した」

連れ帰る時も、友部には預けたくなくて自分が背負った。寝顔や様子から心配はないとわかっていても気になって、残ろうかという友部を自分がいるからと説き伏せて帰した。

けれど、告白するには時期尚早だとも思っていたのだそうだ。――穂が今も友部が好きでいるなら、妙に意識させただけで終わる可能性が高い。だからこそ、あわよくば正社員にと考え声をかけたのだという。

「あ、の。……じゃあ、昨夜、神野店長とオレに怒ってたのって」

「店内での勧誘はルール違反だ。……というのは表向きだな。うちを即答で断っておいて、『はる』ならいいのかと思ったら腹が立った」

苦い声で言われて、申し訳なさに視線が落ちた。ぽんと頭を撫でられて、穂はそろりと顔を上げる。

「……すみません、でした。オレ、例のオレだと駄目だって言われたのが気になってて、そんなのが正社員に入っても迷惑なだけだと思ったんです。相手にされないのは仕方ないけど、仕事の上でも役立たずなんだったらどうしようもないって」

「駄目は駄目でも意味が違うんだ。それはわかった？」

悄然と頷くと、ご褒美とでも言うように頬を撫でられる。長い指で顔の向きを変えられたかと思ったら、またしても予告なしのキスに呼吸を奪われた。

合わせた唇の間を、思わせぶりに嘗《な》められる。最初は驚いてびくついていたものの、二度、三度とそうされることで溶けるように身体から力が抜けた。

キスをしながら、背中や肩や腰を優しく撫でられる。触れ合った場所から伝わってくる体温と、揺りかごの中のようにくるみ込まれる感覚にぼんやりと眠気までさしてきた。

「ミノル？　納得できたのか」

優しい声に訊かれて、素直にひとつ頷く。そうしたら、今後は頭の後ろを摑まれて唇の奥を嘗めるようなキスをされた。歯列を割った体温に擽るように頬の内側を辿られて、初めての感覚に背すじのあたりがぞくんとする。

こんなキスがあるのは知っていたけれど、実際にしたのは初めてだ。頭のすみで思ったことが言葉になっていたらしく、間近にあった顔が笑うのが見て取れた。

「そうなのか。だったらもっと口を開けてごらん」

低い声に、操られるように頷いていた。さらに深く重なってきたキスに奥で縮こまっていた舌先を搦《から》め捕《と》られて、知らない感覚に一瞬怯む。けれど、それも優しく背中を撫でる手のひらの温度に懐柔されてしまって、気がついた時にはもう、口の中をすべて明け渡していた。

「ン、……っ」

これが初めての深いキスは、どこで息を継げばいいのかわからず苦労する。気づいたシンが時折間をあけてくれて、そこでようやく息をつく始末だ。水っぽい音が響くたび背すじや頭の後ろや腰のあたりにぞくぞくと生まれてくるものがあって、知らないその感覚に戸惑っているのにやめたくない。もっとこうしていたいと、必死でシンの背中にしがみついている。

「――ん、……ぅ？」

何か変だなと感じて瞼を開くなり、じっとこちらを見ているシンと目が合う。ほわりとしたそのあとで、自分の身体が変に斜めになっているのを知った。先ほどまでちゃんと座っていたはずと不思議に思って、穂はキスの合間に訴える。

「ま、すたー……？　何か、へん、じゃないです、か？」

「マスターじゃなく、名前で呼んでもらえないか？」

「なまえ……シン、さん？」

長谷や友部が呼ぶそれを口にすると、シンはかすかに笑ったようだった。

「それは呼び名だよ。俺の名前は紘彦《ひろひこ》、だ」

「ひろひこ、さん……？　あー、だからヒロくん、だったんだ……」

ぼんやり返しながら、だったら「シン」はどこから出た呼び名なんだろうと思う。その間に斜めだった身体はすっかり横に転がされていて、真上からシンに見下ろされていた。

「厭かな。だったらやめておくが、どうする？」

額がぶつかりそうな距離に顔を寄せられて、そっと囁かれる。よく意味はわからなかったけれど、「やめる」のは厭だと思った。それで、穂は自分から両手を伸ばしてシンの首にしがみつく。

「や、です。もう、ちょっと……」

触れ合った肌から、彼が笑っているのが伝わってくる。その事実に、ひどくほっとした。

どういうわけだか間が悪いと自分では思っていたけれど、実はそのうちの何割かはうまく空気が読めなかったゆえの自業自得だったのではないだろうか。

馴染んだ自室の天井を見上げながら、穂が思ったのはそんなことだった。

——リビングのソファでのじゃれつくようなキスに思考が蕩《とろ》けている間に、担がれるように寝室のベッドに移された。変化に気づく前にまたしても優しいキスをされて、うっかりそれに夢中になった。

そのキスが唇から顎へ、喉へと降りていく頃になって、今の今までその顎を摑んでいたはずの指が胸元に落ちているのに気づく。長袖Tシャツ越しにやんわりと、けれど明らかな意図を感じさせるやり方でそこを撫でられてぎょっとした。泡を食って頭をもたげてみて、穂は自分がベッドの上でシンにのしかかられているという現実に直面する。

かちんと固まった穂に気づいたのか、シンが近くに顔を寄せてくる。絶句したままの唇をちょんと啄まれ、笑い混じりに言われた。

「さっき、やめるのは厭だと言ったよな？」

確かに言った。けれど、まさかさっきの今でこうなるとは思ってもみなかったのだ。

どうしようどうしたらどうすれば、と考えているはずが空回りするばかりで答えが出ない。

思考ごと身体も凝固したまま目を見開いて見上げていると、少し体勢を変え頬杖をついて見下ろしていたシンが小さく笑った。

「やっぱり、今日のところはやめておこうか？　ただ、そう長くは待てないと思うが」

どうする、と言いたげに首を傾げて見つめられて、反射的に「そういう言い方は狡《ずる》い」と思ってしまった。

脳裏を掠めたのは、約二年前の長谷との恋人期間だ。「それ」がすべてではないとわかっているつもりで、まったく求められないことが苦しかった。

あんな思いは、もうしたくない。先ほど「厭だ」と言ったのも間違いなく本音で、今は離れたくないと思っている。なのに、それと同じくらい戸惑ってもいた。

見下ろす視線は、ただ黙って穂の返事を待っている。促すでなく唆《そそのか》すでなく、望む方向に誘導するでもない。

「う……や、めません……」

「本当にいいのか。三度目はないぞ？」

「い、いです。や、めるの厭だ、し」

たぶん今の自分の顔は、完熟したトマトに負けないくらい真っ赤だ。確信しながらやっとのことでそう言ったら、あまりの恥ずかしさに涙目になっていた。

視線を合わせていられず顔を横向けたのに、追ってきた指先に目尻を撫でられる。「つけ込んでるな」とつぶやく声が聞こえたように思ったけれど、あるいは気のせいだったかもしれない。

　手のひらで片頬をくるまれ、横向いていた顔を戻される。額同士を触れ合わせるようにされて、その動作の柔らかさにほっとした。再びキスが落ちてくる前にと、穂は辛うじて声を絞る。

「あ、の！　しょしんしゃなので、おてやわらかにおねがいしますっ」

「……善処する」

　ややあって返った声が笑いを含んでいたのが気になったものの、シンは基本的に嘘をつかない人だ。何のかんのと言いながら、いつでも穂に優しかった。

　――だから、油断していたのだ。さっきソファで知らなかったキスもしたし、経験はなくてもそこそこの知識はある。だから大丈夫だと思っていた。

「穂」

　髪を撫でられ、低い声で名前を呼ばれてどきりとする。語尾を流し込むように落ちたキスが歯列を割って深くなるのはあっという間で、唇の端に歯を立てられ、歯列の裏を探られてぞくぞくと背すじがうねった。

「ん、ぅ……っ」

　唇の奥の形を確かめるように動いていた体温に、奥で縮こまっていた舌先をやんわりと搦め捕られる。撫でるように擦《こす》られ、きつく吸いつかれて、自分の喉から音のような声が溢れるのがわかった。

慣れないせいかキスの間に何度も息切れがして、そのたび離れていった唇に額や頬を啄まれ、唇の端を齧《かじ》られ、こめかみやうなじに吸いつかれた。小さなキスは落ちた場所にじわりとした熱を残して、ゆるやかに肌の内側に溜《た》まっていく。

もう一度、耳元で「穂」と名前を呼ばれる。耳慣れたはずのその響きが、今は自分の本来の漢字で聞こえた。どうにか目を凝らすと、シンの端整な顔が真上から見下ろしていて、穂はぼうっと見惚《みと》れてしまう。

大きな手のひらで頬を撫でられて、心地よさに瞼が落ちる。体温を追いかけるように自分から頬をすり寄せたのも、間近で笑う気配がしたのも意識になかった。

少し体温の低い器用な指が、衣類越しに背中や肩を撫でていく。身体の輪郭を辿るように優しく動いたかと思うと、喉を撫で耳朶へとさかのぼって、頬から顎のラインを指先で優しく辿った。

慣れない刺激はその分だけ強烈で、触れられた先の肌に痺れるような余韻を残す。強引なようで優しい唇と指先は度数の高いアルコールに似て、酔ったように思考を霞《かす》ませた。なのに伝わってくる体温だけは鮮明で、甘い蜜《みつ》に搦め捕られたように意識が陶然となっていく。

低い声に促されるまま手を動かしているうちに、長袖Tシャツをするりと脱がされた。あまりの早業に目を丸くする暇もなく、落ちてきたキスにやんわりと顎をなぞられ喉元を吸われる。喉の尖りをそっと齧られて、何かを思うより先に痺れるような感覚が起こった。小さく震えた肌を追うように顎の付け根から浮いた鎖骨までを唇で辿られて、そのたび肌の表面がびくびくと跳ねる。

「ん、……っ」

キスより先に喉から鎖骨のあたりに落ちていた手のひらが、今度はじかに肌に触れてくる。そんなふうに人の体温を感じるのは初めてで、考える前にびくんと肌が波立った。宥めるように動いた指はじきに胸元の尖りに辿りついて、狙ったようにその箇所をなぞり始める。

「な、んで、です、か……?」

考える前に、声が出ていた。「何が?」と問い返す声の、いつもと少し違う色をぼんやり意識しながら、穂は疑問を口にする。

「そ、んなとこ……オレ、女の子じゃないです、よ……?」

男だから当然真っ平らだし、鍛えているわけでもないから見るからに貧相だ。なのに、シンはそこにとても優しいキスをしてくれた。

「穂は初心者なんだろう?　だったらもう少し待ってみないか」

「で、も」

女性ではないから、そんなところを触っても意味がない。言いかけたその時、指先を使って押さえたそこをぐるりと回すようにされて、じんと痺れたような感覚が走った。思いがけなく「あっ」と出た吐息混じりの声に、知らず穂は目を瞠る。

「穂は初心者でも俺は初心者じゃないんだ。任せてるといい」

間近で囁かれたシンの言葉に、「そうなのか」とすとんと納得する。素直に頷くと、シンが笑うのが再び喉に落ちた唇の気配で伝わってきた。

「……ん、――」

最初はじわりと滲《にじ》んでいた痺れが、指先でそこを探られるたび濃度を上げていく。肌の底に溜まり熱を帯びて、今はかすかに指先が掠めるだけで音のような声がこぼれるようになっている。未知の感覚に何でだとかどうしてだとか、思うところは沢山あるのにそれがすべてその熱に呑まれていく。鎖骨を齧っていたキスがその箇所に辿りつき、柔らかく歯を立てられた時には、とうとう悲鳴のような声を溢れさせてしまっていた。

「や、……んん、ぁ――」

自分のその声はふだんのそれとは違って、明らかな色を帯びている。それが厭というほどわかって、顔が熱くなった。胸元の片方をキスに、もう片方を指先に囚《とら》われた状態では奥歯を食いしばっても声を殺しきれなくて、それならと必死で唇を噛む。

伸びてきた指先に、咎《とが》めるように唇を撫でられる。間を割って歯列を撫でられて、それでも力を緩めずにいたら今度は寄ってきた舌先で嘗められた。びくんと揺れて緩んだそこにするりと割り込まれ、互いの体温を絡め合うキスをされてほっとする。そのくせ、胸元への刺激がやんだことを物足りなくも思っている。

そういう自分に戸惑っているうちに、顎から喉を撫でていた手のひらがするりと動いた。胸元を過ぎ腰から下へと落ちたかと思うと、躊躇うことなくジーンズの前に触れてくる。

どくん、と心臓が跳ねる音を聞いた。たぶん、喉の奥で声も漏らしていたと思う。優しい手のひらにそっと撫でられたそこはすでに形を変えていて、自覚したとたんに焦げるような羞恥《しゅうち》に襲われた。

「……んぅ、――ん、や、待っ……」

上がった声はキスに吸われ、顔を背けることでどうにか後半だけ声になった。直後、真上からじっと見下ろすシンと目が合って、どんな顔をすればいいのかわからなくなる。

ソウイウコトをしているのだから、当たり前だ。それはわかっているはずなのに、理屈ではなく泣きたくなった。

アップで見えるシンは、気のせいでなくいつも以上にきれいだ。眺めているだけでぞくぞくするのは、表情や雰囲気にいつにない色気があって艶《つや》っぽいせいだろう。そんな人に見られていることすら耐えられなくて、無意識に腰が逃げていた。

「穂？　どうした」

「や、です。こういうの、何かオレ、だけ……みっとも、な――」

何もかもいっぱいいっぱいで、余裕がなくて浅ましくて、自分だけその気になっている。泣きごとのようにそうこぼしたら、目の前で笑われた。

「ああ……そう見えたのか。けど、三度目はないと言っただろう」

「だっ、で、もっ」

でも厭だと言い張りながら、これでは子どもと同じだとさらに情けなくなった。そうしたらすぐ傍で首を傾げたシンが穂の手を取って、体温のある硬いものに押しあてた。

「こっちもこの状態なんだ。ここでやめるのはきついんだが、それでも駄目か？」

すぐには意味がわからず、穂はぽかんとする。数秒後、言われた内容と手のひらから伝ってくる体温と感触の意味がようやくつながって、驚きのあまり手が逃げそうになった。けれど手首を掴む指は離してくれず、かえって強く押し付けられてしまう。

かあっと、顔が火照るのが自分でもわかった。「あ」とか「う」とか声にならない声で呻《うめ》いていると、笑い混じりの吐息に唇を啄まれる。

「大丈夫だから、信じて任せてろ。俺が信用できないならやめるしかないが」

最後の一言に、すぐさま首を横に振った。

ご褒美代わりか待たせた罰なのか、キスの続きは驚くほど深く長くて執拗《しつよう》で、おかげで意識が半分飛んだ。その間にジーンズの前を緩められ膝の下までずらされて、気がついた時には直接手のひらに捉えられている。その頃にはもう何を言う気力もなく、与えられる刺激に声を上げるばかりになっていた。

自分の身体に何が起きているのかも、どうなっているのかもうまく理解できなかった。それなりに知識はあるはずなのに、それが現実と繋がらない。ただシンの声を聞いて、シンの言う通りにするだけで精一杯だ。

だから、次に穂が我に返った時は――大きく割り開かれた下肢の間をシンのキスであやされていることを知った時にはもう、身体がどうにも思い通りにならなくなっていた。

厭だ、と訴えたはずの声が、音になる前に掠れて消える。抵抗するはずの指はシーツに爪を立てることもできず、ただ布地に皺を作っただけだ。

辛うじてもぞりと身じ《じ》ろいだ、その動きがかえって自分への刺激になる。そう気づいて、けれど限界近くまで焦らされた熱に思考はすっかり煮えていた。いやだというだけでなく、もっととかもう少しとか、そんなとんでもないことも口走ったと思う。途中まではどうにか言葉になっていた声もいつの間にか掠れた悲鳴でしかなくなっていた。

苦しくて辛くて、なのにそれはぞっとするような悦楽を含んでいる。粘度が高く底の深い海に沈められ、溺《おぼ》れている――。

「穂」と呼ぶ声に見開いた視界に大好きな人を見つけて、痺れたように重い腕を必死で伸ばしてみた。しなやかな肩に触れてすぐにその手はシンの指に取られて、彼の背中に回す形にされる。

「大丈夫、だから……しっかり摑まって、できるだけ楽にしていろ。できるな？」

耳元で囁く声に何度も頷いて、力の入らない指を叱咤《しった》する。顔を埋《うず》める形になったシンの喉にすり寄るように顔を寄せると一定の距離でしか知らなかったはずの匂いがして、そのことにほっとした。

「苦しかったら無理せず言え。爪を立ててもいい」

「く、るしいこと……するんです、か？」

身体の内側で渦巻く熱に浮かされたままどうにか顔を上げて訊いてみたら、苦笑混じりに眦《まなじり》へのキスをされた。それきり返事がないことにむっとして上目に見つめていると、少し冷たい指に顎を取られて唇を啄まれる。最初は擽るようだったそのキスが舌を絡め合う深いものになるのはすぐで、穂は呆気なく思考を濁らせ夢中になってしまう。

そのせいで、腰を撫でられたことやさんざんに指先やキスで宥められたその箇所に何か押し当てられたことに気づいても、あまり意識に上らなかったのだ。

いきなり増した圧迫感に、我に返った時は遅かった。強張《こわば》った舌を絡められ、緊張した背中を撫でられながら、逃げようもなく強い力で腰を抱かれる。喉の奥でひきつった悲鳴を上げるたび大丈夫だからと囁かれ、下肢の合間の過敏な箇所を長い指で宥められた。じわりと起こった悦楽にほんの少しだけ強張りが解けたら、その分深く奥まで踏み込まれる。その繰り返しだ。

「穂。……大丈夫か」

シンがそう訊いてくるまで、どのくらい時間がかかっただろうか。わけもわからないまま頷いたあとで、穂は自分が必死で彼にしがみついていたのを知った。

「も、う……終わりです、か？」

何が起きているのかをこの時はよく理解できていなくて、それでもどうにか訊いてみた。そうしたら、困った顔をしたシンに優しく、けれどはっきりと否定されてしまった。

「ま、だ……？　あと、どのくら、い……？」

言いながら、たぶん泣きそうな顔になったのだと思う。じわりと眦が熱を持ったから、本当に涙が出たかもしれない。

「ごめんな。もう少しだけ、頑張ってくれないか。……頼む、から」

屈み込むようにキスしてくれた時のシンはどこか苦しそうな顔をしていて、それが気がかりだった。

バイトの時以外で、シンに「頼む」と言われたのは初めてだ。そう思ったら、無意識に指先が伸びていた。どうにか届いた頬をそっと撫でて、穂は小さく頷いてみせる。

「だ、ったら……がんば、りま、す。も、すこし」

「うん」と頷いたシンが、目元を和らげる。たまに見せてくれるその表情はどこか無防備で、だからとても好きだと思う。

もう一度ずつ唇と額にキスをくれて、シンが動き出す。伝わってくる波は穂には未知で大きくて、ついていくだけで精一杯だった。

身体の外からも中からも、シンだけで満たされていく。そんな感覚を覚えて、穂はしがみつく指に力を込めた。

16

世の中の恋人同士というのは、偉大だ。

広いリビングの、これまた穂には大きすぎるソファに乗っかった格好で、つくづくと、身に染みて思い知った。

行為そのものがどうこうではなく、いや確かに行為そのものにもいろいろ思うところはあるけれども、たぶんきっとそのあたりは言っても無駄というか、下手をすると藪蛇《やぶへび》な意味合いで返り討ちに遭いそうなのでひとまず割愛するとして。行為のあとの状況に置いて、いったいどうやって何事もなかったかのように顔を合わせたり話したり、出かけたり仕事に行ったりできるのか。

……とりあえず小一時間前にベッドで目を覚ました時点で、間近でじーっと見下ろしていた出来立ての恋人とまともに視線がぶつかってしまって恥ずかしさに悶絶《もんぜつ》した身としては、是非とも気持ちの持ちようというか、心構えというものを教えてほしいとしみじみ思う。聞いてみたところで実践できるかと訊かれると、何とも返答に迷うのが実状だけれども。

こっそりついたはずのため息が、しんとしたリビングに大きく響く。しまった、やっぱりテレビをつけておくんだったと今さらに思ったものの、そうするとキッチンの物音が紛れてしまう。結果、先方の動向が摑めなくなるのは避けたい。

顔を上げて、ソファの背凭《せもた》れから覗きさえすればすぐにわかることではあるけれど、それをするとしょっちゅう目が合ってしまいそうなのだ。

「うう……」

手近にあったクッションを抱え込んで、穂はかなり困っている。そして、穂の予想に間違いなければ、檻《おり》から逃げ出した人慣れしないハムスターのごとく逃げ隠れしている穂の様子を、出来立ての恋人――シンは面白がって眺めている。その証拠に、目覚めるなりその場で凝固した穂を見下ろしてにっこりときれいに笑った彼からは、その直後に酸欠になるかと思うようなキスをされてしまったのだ。あっぷあっぷになった穂を楽しそうに眺めたあとは、お子さまよろしく抱き上げてこのソファに下ろし、「ここで待ってろ」と言い渡してキッチンに入っていった。

そこまでは、まだよかった。いや本当はちっともよくはないが、よかったことにしてもいい。問題は、そのあとに気づいたあれこれだ。たとえば着た覚えのない寝間着をきちんと身につけていたこととか、風呂やシャワーをした記憶は皆無なのにやたらすっきりさっぱりした肌だとか、……その肌のあちこちに残る赤い痕《あと》だとか。

昨夜から何もかもお任せ状態だったのにと大慌てで手伝いに行こうとしたのに、ソファから降りるなりかくんと折れた膝とか、その時になって自覚した腰の重怠《おもだる》さとか、そこかしこの関節のそこはかとない痛みとか。ソファ前のラグの上で呆然としていたら、気づいてやってきてひょいと穂をソファに戻してくれた恋人の、あの一言とか。

（おとなしく座ってろ。手加減はしたが、ダメージなしとはいかないはずだ）

耳朶へのキスのおまけつきで聞かされた低い声は、凶器だ。少なくとも穂なら一撃でやられてしまうから、できればしまっておいてほしい。——と思わず口にしたら、にこやかな笑顔で「いいことを聞いた」と言われた。腰が抜けた上、顔だけじゃなく全身が真っ赤になっていたのまで全部見られた上に、さらに恐ろしい一言を聞かされてしまったのだ。

（本気になったらあんなもんじゃないんだが、どうしたもんかな）

あんなもんじゃないというのはイッタイどんなもんなのか。とても非常に気にはなるけれども、おそらく間違いなく訊いたら最後だという気がする。やはりここは見ざる言わざる聞かざるの精神でいくべきか。

「あぅ……うー」

「穂。食事にしようか」

唸っていたら、いきなりそんな声がした。ぎょっとして耳を澄ませてみると、いつの間にかキッチンでの物音は消えていて、代わりに後ろで誰かが動く気配がする。

おそるおそる振り返ってみて、絶望的な気分になった。

ローテーブルの上に、すっかり食事が並べられているまではいいとしよう。けれど、どうしてシンはテーブルの向こうのソファではなく、穂が乗っかったソファの前にしゃがみ込んでいるのか。あまつさえ、わざわざ頬杖までついてしげしげと穂を眺めているのか？

「……えーと……食事で、すよね。だ、ったらマスターも、座っ……」

「ああ……そうだな」

柔らかに言いながら、どういうわけだかシンの手が伸びてくる。

「へ？　あの、マスター？」

反射的にソファの背凭れに張りついたものの逃げ場になるはずもなく、長い指にこめかみのあたりの髪を梳かれ、頬から耳のラインを撫でられた。耳朶をやんわり摘んだかと思えば今度は顎の裏側を探られて、擽ったさのせいだけでなく背すじが跳ねる。

「……っ！　マスター、いったい何――」

「恋人に、プライベートでマスターと呼ばれるのは悲しいな」

悲鳴混じりの抗議に素っ気なく返され、さらにわきわきと両手を動かされて、穂ははたと思い出す。

せっかく本人から名前を教えてもらったのに、使わないのは勿体《もったい》ない。照れくさいとは思うけれど、それは口のあたりがむずむずするのを我慢してやりすごせばいいだけだ。

「……じゃあ紘彦さん、何やってんですかっ？」

「恋人が可愛いから愛《め》でているだけだが？」

言われて気づいてどうにかこうにか抗議をしたら、あり得ない直球で返されて絶句した。自慢にもならないが、茹《ゆ》で上がったような顔になっていたと思う。

そのままあわあわと声にならない声を上げていると、真顔で見ていたはずのシンが堪えきれないふうに吹き出した。しまいには肩を震わせて、穂の膝の上に突っ伏してしまう。

豪快に笑われて、むっとすると同時に気が抜けた。今の今までかちかちになっていた自分がかなりの間抜けに思えてきて、穂はついぺんぺんとシンの頭を叩いてやる。

「あんまりそうやって笑ってると、オレ、拗《す》ねますよ」

「拗ねるのか。怒るのでなく？」

「オレが怒ったところで迫力ないですもん。その代わり、拗ねる時は全力で拗ねます」

顔を上げて興味深そうに聞いているシンに、にっこり笑顔で付け加えて言った。

「ちなみに全力で拗ねた時のオレはかなり面倒くさい人になるんで、紘彦さんも覚悟してくださいね？」

「へえ。どんなふうに面倒くさいんだ？」

「内緒です。といいますか、実地で学んでください」

「心得ておこう。——ひとまず、冷める前に食べようか」

「はい」と頷いた直後、いきなり寄ってきた気配にキスをされた。驚いた時にはもうシンは隣に腰を下ろしていて、どんな早業だとぽかんとしてしまう。

穂のぐるぐるした思考と緊張を弾《はじ》けさせるためにわざとからかっていたのだと気がついたのは、食事を始めてまもなくだ。いつの間にか穂はシンとふつうに会話をしていて、それを不思議に思ったあとで思い当たった。

敵《かな》わないなと、何度目かに思った。

年齢差と、経験値の差だ。どちらもきっと歴然としていて、どうしようもないことだとは思うけれど、やっぱり悔しいとも感じてしまう。

だからというわけではないけれど、食後の後片づけは自分がすると言い張った。

「あと二時間もしたらバイトですよね。動けないと困りますよね？　だからそのくらいはオレがしますっ」

渋るシンを押して押して押しまくって、「手伝いなら」の一言を引っ張り出す。確かに足腰に違和感はあるし身体が重いとは感じるけれど、心構えさえあれば大丈夫だ。実際にうまく動けて自信が持てたのでコーヒーの準備はひとりでやると宣言し、キッチンからシンを追い払うことに成功した。

「案外元気だな。……もう少し頑張ってみてもよかったのか」

何となく不穏なことを言われている気がしたので、あえて聞こえないフリでシンの前にカップを置いた。自分のカップも置いたところで、手を引かれて隣に座らされる。

「就職の件なんだが」と言われて、すぐさま顔を上げた。見れば、隣のシンは先ほどまでとは打って変わった真顔で、まっすぐに穂に目を向けている。

「うちでも『はる』でも、穂の好きに決めるといい。『はる』で働きたいと思うなら、妙な遠慮をする必要はない」

「えっ」

「穂の人生で、穂の仕事だ。バイトしていたことがあるならわかっているんだろうが、『はる』はハルカとカズキさんが気に入っている職場だからな。条件にしろ環境にしろ、悪いはずがない。ただし、『はる』に勤めるにせよこのままここで暮らしてもらいたいんだ」

「ここ、で？　でも」

この部屋は、あくまでバイトのために借りていたはずだ。そんな思いで見上げると、シンは笑って穂の頬に触れてきた。

「『はる』の具体的な勤務形態は知らないが、少なくとも『Magnolia』とは違うだろう？　だったら日常生活の上で接点を確保しておきたい。これは俺の我が儘だから、この部屋のことは気にしなくていい」

そう言うシンは、すでに穂が「はる」へ行きたいと希望した時のことを考えているのだろう。責める様子も、ましてや煽る態度もなく淡々と言った。

「……でも『Magnolia』は？　どうするんですか」

「臨時のバイトは伝手を辿ればどうにでもなる。その間に、本気で人を探すさ」

黙ったまま見返した穂の頭をぐるりと撫でると、さらりと笑った。

「穂がうちに来てくれたら嬉しいとは思うが、それとこれとは話が別だ。急いで決める必要はないから、よく考えてみるといい。……昨夜の、『はる』の店長とも会って詳しい話を聞いて、それからで十分だ。先方にも都合があるだろうから、それは心得ておけよ」

「――オレ。できれば、『Magnolia』を手伝いたい、です」

最初から決まっていたように、答えには迷わなかった。ほとんど表情を変えることなく目顔で先を促すシンに身体ごと向き直って、穂は続ける。

「『はる』での仕事は、好きでした。接客の仕事が、あんなに奥が深くてやりがいがあるとは一号店に行くまで思ってなかったんです。バイトの期間は短かったけど、今でも宝物だと思ってます」

「はる」に行った時の穂の仕事は、友部と同じフロアスタッフになる。オーダーを受けて厨房《ちゅうぼう》に伝え、出来上がった料理を客に運ぶのが主な仕事だ。友部のようなフロア責任者となると、フロア全体の客の流れや料理の出方まで把握して、不必要に客を待たせないように料理を出すタイミングも測らねばならない。

経験と勘が必要で、けれどそれ以上に現状把握と組み立てが必要とされる仕事だ。穂ごときが言うにはおこがましいけれど、目標とするなら十分にやりがいはある。

内定取り消しになった頃の自分だったら、きっと喜んで神野に頼んだだろう。「Magnolia」はあり得ないと思っていた数時間前まで、そうだったように。

「でも、『Magnolia』での仕事はそれともまた違ってて。お客さんとの距離の近さとか、自分で作ったものをお客さんに出して喜んでもらえるのがいいなって、思うようになって」

ビルドのカクテルを覚えたあとは、買っていた本でこっそり他のカクテルのことを勉強した。自分が触れることはないだろうと思いながら、ミキシンググラスやシェーカーを眩《まぶ》しいもののように眺めていた。

「調べてみたんですけど、バーテンってちゃんと資格試験あるんですよね。そういうのも、できれば受けてみたいです。ビルドだけじゃなく、マスターみたいにいろんなお酒をちゃんと作って、お客さんに笑ってもらえたらいいなって」

本音を言えば、シンから初めて正社員に誘われた時は、震えるくらい嬉しかった。だからこそあんなに腹が立ったのだ。そのくらい、いつのまにか穂は「Magnolia」での仕事が好きになっていた。

「そういうのじゃ、駄目でしょうか。それで『Magnolia』がいいっていうのは幼稚すぎますか?」

「――――」

シンは数秒、無言だった。ややあってひとつ息を吐くと、乗せたままだった手のひらで穂の頭をぐるりと撫でる。

頭を撫でられるのは、実を言うと以前は苦手だった。童顔で男としては小柄な部類に入る穂は子ども扱いされることが多くて、中学高校大学とわざとのようにそれをやられて揶揄されていたせいだ。

平気になったきっかけは友部だ。三人兄弟の長男だという彼にかかっては大抵の相手が弟扱いで、あの長谷ですら時に頭を撫でくり回されている。それはけして馬鹿にしたり下に見ているのではなく、気を許した相手だからこその行為だ。それと知ってからは、面映ゆく受け止められるようになった。

――シンのそれは、友部のとはまた違う。誰に対しても穏やかで柔らかく接するけれど、滅多なことでは他人に触れない。そういう人が自ら触れてくれるなら、どんな形であれ嬉しいと思う。

ぐりぐりと頭を撫でていた手のひらが、するりと穂の後ろ頭をくるむ。あ、と思った時には頭ごと引き寄せられて、目の前の胸に押しつけられていた。

「……駄目なわけがないだろう」

頬を押し当てた体温越しに聞いた声は、確かに嬉しそうだった。

どんな顔をしているのか見たくなって顔を上げようとしたら、わざとのようにぎゅうぎゅうに顔を抱かれる。ふむ、と考えておとなしく自分からすり寄ってみると、油断したように腕の力が緩んだ。

今だとばかりに顔を上げてみたら、見下ろしていたシンとぱっちり目が合った。直後、渋面になったシンに再びぎゅうぎゅうにされて、穂は小さく悲鳴を上げる。

「紘彦さん、そんなんしたらオレ、つぶれますー」

「潰れても離してやらないから安心してろ」

「えー、何ですかそれっ」

ほんの数秒、垣間《かいま》見《み》た恋人の顔は、初めてみるほど照れくさそうだった。


『どっちみち一度うちにおいで。当分顔見てないし、みんな会いたがってるから』

決めた以上、早めに連絡はしておくべきだろうと思い、「はる」の午後休憩を待って友部に電話を入れた。そうしたら、途中で出てきた神野からさっくりとそう言い渡されてしまった。

「えっ、でもあのオレ、いい返事できませんし」

『何となくそうなるんじゃないかと思ってたから気にしなくていいよ、ところで次の休みっていつ？　……そう、じゃあこっちで予約入れておくから忘れないようにね』

懐かしいしゃきしゃきとした物言いで押し切られ、ついでのように通話も切れた。待ち受け画面に戻ったスマートフォンを眺めて途方に暮れていたら、ずっと隣で聞いていた恋人からため息を吐かれてしまった。

「……で、明後日《あさって》の何時だって？」

「え、っと、午後二時に予約してもらえるそうです。午後休憩が四時からなので、たぶんそこにタイミングを合わせたんじゃないかと。それであの、神野店長が予約は二名分にしておくから連れて来なさい、って」

「――俺を、か？」

「たぶんそうだと、思うんです……けど」

文脈的には間違いなくそうだ。これが実は穂の大学時代の友人を誘ってこい、だったらその方が不気味だろう。

「それはそれとして、カズキさんに電話したはずなのにどうしてその店長が出るんだろうな。こっちは伝言を頼んだだけだろう」

「神野店長と友部さんって、十年来の親友なんだそうです。いろいろツーカーなんで、……えっと、たぶん店長が友部さんの携帯電話を横取りしちゃったんじゃないかと」

何しろ「代わる」との言葉も前触れもなく、友部が話しているさなかにいきなり声が途切れて「神野だけどー?」となったのだ。しゃきしゃきと彼が話を進める合間に通話の向こうからは友部の「おいこら」「神、てめえな」との抗議の声まで聞こえてきて、結局最後まで通話が友部に戻ることはなかった。

付け加えた説明でおよその状況、あるいは神野の人となりが伝わってしまったらしく、シンはとても微妙な顔で黙ってしまう。

その時、穂のスマートフォンが着信を伝えてきた。見れば、画面には「友部」の文字が躍っている。操作して耳に当てると、「牧田くん?」という少し急《せ》いた声が聞こえてきた。

『あのさ、さっきの予約だけど都合悪けりゃいつでもキャンセルしていいからな。神のことは気にすんなよ。そんで立ち入ったこと訊くけど、こっち断るってことはそっちに決めるってことでいいのか?』

「えーと、はい。せっかく神野店長に声をかけていただいたのに申し訳ないんですけど、オレ、『Magnolia』の仕事も好きだから」

『よしわかった、んじゃ近いうち改めて就職祝いしようか。また連絡するから、無理しないで頑張れよ』

友部の職場への誘いを断るのだと申し訳ない気持ちで告げたのに、当たり前のように全開で激励されてしまった。

友部はこういう人なんだと、ふわっと気持ちが温かくなった。

礼を言い、また連絡しますと返して通話を切る。そのまま傍らの恋人を見上げると、どうやら友部の声が聞こえていたらしく「キャンセルするのか？」と訊かれた。

「……神野店長には、昨日『Magnolia』に来てもらってますし。電話だけじゃなくて、ちゃんと会ってお詫びしておいた方がいいと思うんです。そのついでに、『はる』で食事してこようかなって。オレ、あそこのごはん好きなんですよ」

あえて軽い口調で言うと、シンは眉を上げた。

「ひとりで行くつもりじゃないだろうな？」

「えーと、それは別にオレひとりで、も……」

物言いたげな顔でじいっと見つめられて、言葉が尻すぼみになる。そのあともシンはじーっと穂を見たままで、さすがに意図は伝わってきた。

「あの、だったら一緒に……っていうか、あれ？　長谷さんの職場ですけど、もしかして行ったことって」

「一号店にはないな。ハルカが二号店にいた頃に何度か行っただけだ」

「そ、うなんですか。えーとですね、『はる』の中で一号店ってちょっと他と違ってるんですよ。なので、よかったら紘彦さんも一緒に行きませんか」

神野店長がいるけど大丈夫でしょうか、とはあえて言わずにおく。穂のその内心に気づいていると、シンは「喜んで」と頷く。その表情にほっとしながら、穂は今朝からずっと気になっていた問いをようやく口にした。

「ところで訊いていいですか？　紘彦さんの名字って、何て仰《おっしゃ》るんでしょうか」

無防備な誘惑

まともな恋愛をしたことのない友人から初めて両思いの恋人ができたと聞いた時、シンこと新名紘彦《にいなひろひこ》は「とうとう捕まったのか」と思った。

ちなみに「捕まった」のは友人である長谷遥《はせよう》ではなく、その恋人になった友部一基《ともべかずき》の方だ。職場の同僚として連日顔を合わせている彼らとは違い、雇われマスターとしてバー「Magnolia《マグノリア》」を預かっている新名がふたりと顔を合わせる時間は長くない。さらに言えばその長くない時間の大部分を「Magnolia」で常連客とマスターとして過ごすため、プライベートな話題はあまり出ない。

とはいえ、つきあいが長いのに加えて価値観が似ているためか、長谷の思考の方向性は何となく見極めがつく。友部についてはまるで予想がつかないが、新名を「長谷の友人」と認識しているせいか話が拗《こじ》れてきたあたりで自主的に「Magnolia」まで足を運んでくれた。おそらく本人は隠しているつもりで実にわかりやすい反応を見せてくれたので、心置きなく協力させてもらった。

そういう経緯だったので、まとまったと聞いた時には安堵《あんど》とともに祝福した。

見事なまでの恋愛不信のくせに適当な相手とふらふらつきあっては別れを繰り返していた長谷のことは、以前から気にかかっていたのだ。首に縄をつけて見張ってくれる人ができるなら、これ以上のことはない。

だからこそ、その見張り人――もとい、恋人となった友部には少々同情した。

長谷という男は外見こそ華やかで端整なわりに、中身は相当なお子さまだ。子育てならぬ躾《しつけ》に苦労するのは目に見えている。だからこそ、できる範囲で協力はしようと決めていた。

ちなみに新名本人はといえば数年来恋人という存在を持たず、その時点でも恋愛する気は皆無だった。過去にあったあれこれで恋人という響きに辟易していたのが半分で、残り半分は何よりも優先順位が高いものを持っていたからだ。

――バー「Magnolia」の店名は初代マスターの亡き妻がもっとも好んだ花を由来としており、内装やBGMにも彼女の趣味が反映しているという。初代マスターがオーナーという立場に退くことで店そのものは先代マスターに引き継がれ、何度かは改装したものの当初からのコンセプトはそのままに雰囲気も変わっていない。いつだったともどこだったとも思い出せないのに、確かに知っている。そんな懐かしに溢《あふ》れた空間だ。

初めて「Magnolia」に足を踏み入れた時、新名はまだ未成年だった。本来なら入れるはずがなかったが、その日は内輪の集まりで貸切だったから出席者だった両親のおまけ扱いで特別に許されたのだ。

その場を辞するまでの数時間のうちに、新名は完全にその空間に魅了された。このバーを継ぎたいと真剣に思い、その場にいた初代マスターに直接訴えた。

(大学生になっても気が変わらなければ、バイトとしておいで。あとを継ぐ云々はそれから

だな)

あっさり告げられた言葉は、当然ながらその場限りのものだったらしい。志望大学への進学を決めた新名がその足で出向いてバイトの希望を口にした時、オーナーは意外そうに――面白そうに笑って了解してくれた。

実際に「Magnolia」にバイトとして入ってからは、講義と並行してバーの経営や酒について学んだ。バーを継ぎたい旨を改めて表明した新名にオーナーが出した次の条件は大学を瑕疵《かし》のない成績で卒業するというもので、だから学業にも手を抜けなかった。卒業後にはオーナーからの指示で別のバーに就職し、数年働いたのちにようやく先代から「マスター」を引き継ぐことを許された。

その間に、数人の女性とつきあった。中でも一番長かったのは、高校三年に上がる前にバイト先で知り合った年上の女性だ。受験期間を経て大学生になってからも続いた彼女との関係は、けれど初めての夏休みを迎える前に終わった。

直接的な原因は、新名が受験生だった頃以上に多忙になったためだ。当時すでに社会人だった彼女は週末や祝祭日だけでなく平日の夜にも会いたがったけれど、安易にバイトを休むわけにはいかない。その分電話やメールには応じたし、「Magnolia」の場所やバイト時間を彼女に教えもした。

それが、かえって裏目に出た。――電話やメールが執拗になり、着信の履歴や受信メール、留守録のメッセージが連日複数残される。「Magnolia」に通い詰めては、他の客の前で見せつけるようにバイト中の新名に絡んでくる。

さすがに辟易して、何度も諫《いさ》めた。「Magnolia」でのバイトが決まった当初に説明したはずの思い入れや夢を繰り返して、堪《こら》えてほしいと頼みもした。それでもエスカレートしていくばかりの態度に耐えきれず、最終的には新名の方から別れを突きつけた。

あとになって考えれば、新名の態度もけして褒《ほ》められたものではなかった。けれど、あの時は「Magnolia」に手を伸ばすことだけで精一杯だったのだ。笑顔で夢を聞いてくれた彼女に甘えていた分だけ、失望が深くなったとも言えた。

その後、新名は二度ほど新しい恋人を作り、二度とも最初の彼女と似た経緯で別れることになった。そのあとでようやく、大学とバイトと恋人とのつきあいを並行するのは無理だと悟った。

以来ずっとひとりでいた新名が次に恋人といえる存在を見つけたのは、「Magnolia」の三代目マスターになってしばらく経った頃だ。がむしゃらに突っ走らねばならない時期が過ぎて、ようやく仕事にも私生活にもゆとりができてきた、そんな時に仕事とはまったく関係のない場所で、思いがけない縁で知り合った。

ようやく軌道に乗せたバーにプライベートでの相手を入れる気になれず、彼女には店に来ないでほしいと告げた。失礼ながら、過去の恋人たちの所業が脳裏を掠《かす》めたのもある。

すんなり納得してくれていたはずの彼女は、けれどじきに会える時間の少なさに不満をこぼすようになった。

無理をしてでも会う時間を増やそうと思えなかった時点で、続かない予感はしていた。目に見えないわずかなずれが大きな違和感に育つのはあっという間で、半年を待たず電話でも会っても言い合いばかりするようになった。

潮時だろうと別れ話を切り出した、その直後に彼女が「Magnolia」に押し掛けてきたのだ。客としてならともかく、泣きながら「もう一度やり直したい」と訴えた。

——どうしてそれを、新名の職場でやるのか。考えるまでもなく全身が冷えた。

逆鱗に触れるという言葉があるが、まさにそれだった。自分でもぞっとするような冷静さで彼女を追い返し、その翌日には有無を言わさず別れを告げた。

それで、恋愛というものに懲《こ》りたのだ。同時期にオーナーからとある条件を突きつけられたこともあって、恋愛も恋人もいらないという心境になった。

「Magnolia」には先々代や先代からの常連もついているが、だから経営が楽だという道理はない。立地がいわゆるバーや飲み屋が軒を連ねた激戦区ということもあって、数か月単位で新しい店ができては潰《つぶ》れていく。そもそも客は気まぐれなのが本分であって、珍しいものや目新しいものには気を引かれて当然だ。気に入る店があれば通うようになるし、結果それまでの行きつけからは足が遠のいていく。

そんなふうに二度三度を別のバーで過ごした客が、「やはりここがいい」と戻ってきたくなるような場所にするのも新名の仕事なのだ。

(おまえに潰させる気はないからな。無理だと思ったら他の人間に任せるだけだ)

満面の笑みを浮かべたオーナーは有言実行の人だ。知っているだけに、どうあってもあとに引くわけにはいかなくなった。

幸いにも、ひとりでいるのが苦にならない性分だ。仕事は充実しているし、気のいい友人もいる。仕事の邪魔をしプライベートを乱す恋人なら、いない方がずっとマシだ。その感覚は、長谷と恋人の関係を微笑《ほほえ》ましく眺《なが》めていても変わらなかった。

過去にあれほど恋人もどきを振り回してきた長谷を容赦なく子ども扱いする友部の態度には、むしろ感心した。ことあるごとに注意され、時には聞き分けのなさにキレた友部から拳骨つきの説教をされながら、それを厭《いや》がるどころか嬉《うれ》しそうに受け入れる長谷の態度に、なるほどこれが骨抜きというものかと興味深く思った。

友部の前でだけ見せる長谷の変化に、当初常連たちは驚いたようだ。けれど「意外だ」「あんなのハルカじゃない」というものばかりだった言い分は、今は「あっついんだけど」「カズキさんさすが」「ハルカってあんなに可愛《かわい》かったんだ」というものに変わっている。

その変遷のすべてを、新名は仕事場であるバー「Magnolia」のカウンターの中という特等席から傍観者として眺めていた。

ほんの十数時間前に、何年ぶりかの恋人を得るまでは。

■　■

「あれ。今日はおひとりなんですか？」

少し離れた場所からその声が聞こえた時、新名はカウンター奥の上の棚から目当ての品を取り出したところだった。

一息つく前に振り返って、気づく。聞こえた声がいつもより柔らかめだったのも道理で、長いカウンターの少し離れた位置に立つスタッフ——昨日新名の恋人になったばかりの牧田《まきた》穂《みのる》の前に立っていたのは、彼や新名にとって馴染《なじ》みの相手だ。

「ちょっとシンに用があってな。で、おまえは大丈夫なのか」

「はい。あの、昨夜《ゆうべ》はすみませんでした。もう——」

言い掛けた穂が、ふと言葉を途切れさせる。どうやら相手に何か言われたらしく、目を丸くしたかと思うと刷毛《はけ》を使ったようにさあっと顔を赤くした。

「邪魔したな。ま、頑張れ」

「う……はいぃ……」

へにょりと歪《ゆが》んだ穂の表情は、どう言ったものかとても微妙だ。対照的に、新名の前にやってきた長谷遥は華やかに笑い、当然のようにカウンターを挟んだ正面の席につく。

「いつものよろしく」

「珍しいな。今日はカズキさんは一緒じゃないのか？」

「仕事上がりに社長に呼ばれてた。企画か何かあるんじゃないかな」

「おまえは？　行かなくていいのか」

長谷と、その恋人の友部一基は職場が同じだ。複数の系列店を持つ洋食屋の一号店勤務で、そこ単体でのスタッフ数はごく少数だと聞いていた。

「呼ばれてないからな。ついでに一基さんは当分忙しくなるから、ここに顔を出せそうにない。気になるみたいだったから代理で来たんだ」

「何が気になるんだ」

「昨夜、おまえが怒ってたって神《じん》さんから聞いたからだろ。原因の神さんを連れてきたのが自分で、結果ミノルが叱られたとなると無理もないんじゃないか？　あと、俺も一応は気にしてるぞ。ヒロの時ならともかく、シンの時にあんなになったおまえを見たのは初めてだしな」

最後の一言を意味深に言われて、作った酒を出しながら苦笑が出た。

「シン」という呼び名は「Magnolia」専用で、マスターとしての顔でもある。それが一時であれ剝《は》がれたと言われると、さすがに少々ばつが悪い。親しい友人や身内から、「シンでいる時の新名はエセくさい」と言われ続けているからなおさらだ。

「原因が何であれ、カズキさんに咎《とが》はない。穂とも和解したから気にしなくていいと伝えておいてくれ」

「言っても無駄だから来たんだよ。今のまんまでいいから一基さんにメール頼む」

短く新名が了承すると、長谷は目にみえてほっとしたようだ。新名が差し出したグラスを受け取って、ほんの一瞬だけ穂に目をやる。口元をむずむずさせて言った。

「結局、うまくまとまったんだよな？」

「ああ。問題ない」

即答しながら、昨夜この友人が帰る寸前にこそりと言ってきた台詞《せりふ》を思い出した。

（あんまり追いつめるなよ）

あの時点で、長谷は新名が「何に対して」怒っているかを正確に把握していたわけだ。

無理もない。何しろあの時の新名は、自分のやっていることに自分で呆《あき》れていた。

辛うじて暴走はしなかったものの、穂はあからさまに怯《おび》えていたし、友部は呆然としていた。常連客数人からも、何かあったのかと訊かれたのだ。とんだ未熟者だと自分に呆れる一方で、そこまで穂に囚われているのだと思い知らされた。

「そういやおまえ、初めて引き合わせた日に俺にあいつはやめろって言ってきたんだったよな。珍しいこともあるもんだと思ってたけど、もしかしてあの時から気に入ってたのか？」

「まさか。見るからに遊び慣れない人間におまえの相手をさせるのは酷だと思っただけだ」

「……だよな。ってことは、いったいいつその気になったんだ？」

主語と目的語を省いた会話は、第三者の耳には意味不明のはずだ。だからといってこの場で突っ込むかと呆れながら、端的に言う。

「一年ほど前、成り行きで本人から片思いの話を聞いた。それ以来、気になってはいたな」

飲み過ぎで「Magnolia」で潰れた友部を、穂と新名で送っていったことがあるのだ。閉店までつきあわせた詫びを兼ねて食事に誘ったのだが、その時点で新名は穂が友部に気持ちを寄せながら、それを悟られまいと堪えていることに気づいていた。

「それ、向こうから言ったのか？」

「いや。こっちから切り出した。そうしたら、当事者には内密にと頼み込まれた」

それなりに親しくしていたとはいえ、当時の穂はあくまでバーの常連でしかない。さらに、本人からそれらしいことを匂わされたわけでもない。

（ミノルは大丈夫なのか）

それだからあの時、自分のその声を聞いて驚いたのだ。

「困らせるだけだから諦めるつもりだと言っていたな。実際、その努力もしていた」

何かと穂を弟扱いしている友部は、今になっても当時の彼の気持ちを知らない。その事実だけで、穂が諦めるためにどれほどの努力をしたのかは察しがつく。

なのに穂は一度も自棄《やけ》にならず、事情を知る新名を頼ることもしなかった。

だからこそ、余計に目が離せなくなったのだ。今にして思えば、間違いなくそれが始まりだったのだろう。

「直接のきっかけは誰かの恋人だな。あまりに言動が鈍すぎて、見ているのが可哀想になった」

「……あれはただの弟扱いだろ。どっちも喜んでたんだし、いいんじゃないのか」

「一番、気にしていた奴がよく言う」

鼻で笑って切り返すと、とたんに長谷は渋面になった。タンブラーの中身を呷《あお》って言う。

「一基さんだけど、アレ何が起きてるか全然気づいてないぞ。ちゃんと話しておいた方がいいんじゃないか」

「……あれで気づかないのか。筋金入りだな」

いかに恋愛沙汰《ざた》に疎いとはいえ、今回の友部は特等席で新名と穂の関係を見てきたはずなのだ。ついでに言うなら、新名は友部の前限定で穂への感情を見せてもいた。

一応牽制のつもりだったけれど、まったく無意味だったわけだ。思わずため息がこぼれるのと同時に、そんな人を相手に真面目《まじめ》に嫉妬《しっと》していたのかと思うと何だか笑えてきた。

時刻が二十三時半を回ったところで、長谷は席を立った。

「やっぱりひとりじゃ物足りないか？」

「聞くなって。ああそうだ、明日の午後にうちに予約入れたろ。あれ、無理だったらキャンセルしていいからな」

「……穂もカズキさんから似たようなことを言われたようだが。俺や穂に来てほしくない理由でもあるのか？」

「ミノルにはないけどおまえにはある。ついでに、一基さんと俺とじゃ意味合いが違う。神さんとおまえが顔を合わせるのはよくないってところは一緒だけどな」

「……昨夜の件か」

原因を作った自覚はあるが、そうまで言われるほど険悪だったろうか。怪訝《けげん》に眉《まゆ》を顰《ひそ》めていると、長谷は何とも言えない顔で新名を見返してきた。

「一基さんはそっちの意味だろうが、俺は別。おまえ、神さんに気に入られたらしいぞ。行くなら遊ばれるのを覚悟した方がいい」

「初対面がアレで、気に入った相手で遊ぶ人なのか」

声を低めた新名に、長谷は「そう」と首を竦《すく》める。

「そうなる気がしたからおまえを一号店に呼ばなかったんだよ。ミノルや一基さんみたいな意味で気に入られるならまだしも、遊び相手としてとなると……」

半端に言葉を切った長谷は、どうやらその先を続ける気をなくしたらしい。「まあ頑張れ」という、不吉な台詞を残して帰っていった。

疫病神みたいな帰り方をする奴だと憮然とした時、カウンター向こうから「こんばんは」と声がかかる。

先週から日参している女性客だ。仕事帰りらしく柔らかそうなフレアースーツ姿で、先ほどまで長谷がいた席に腰を下ろす。

「いらっしゃいませ。オーダーは何になさいますか?」

「モスコミュールを。アルコール少な目でお願いします。それと、やっぱりちゃんとお礼をさせていただきたくて」

隙なく整えられたセミロングの巻き髪ときっちり化粧をほどこした笑顔が押しつけられるように感じられて、内心かなりうんざりした。

性別関係なく客は客だ。美しく装った女性を眺めるのも嫌いではない。けれど、仕事中に過剰に「女」をアピールされるのは困るのだ。目の前の彼女のように、口実をつけて近づいて来られるとなおさらだった。

「ありがとうございます。ですが、お気遣いだけで十分ですよ。こちらはタオルをお貸ししただけですので」

十日ほど前に初めて「Magnolia」を訪れた時、彼女はソファ席でグラスを取り落とした。

一緒に来た友人たちとふざけていて、ぶつかったという。

スカートが濡れていたから洗面所に案内し、備品のタオルを貸した。割れたグラスの始末をし、濡れたソファを処置して洗面所から戻った彼女に駄目になった酒の代わりを出した。

それだけの話だ。スカートのクリーニング代を出したわけでも、着替えを貸したわけでもない。代わりにというわけではないが、こちらもグラスやソファ席の件には言及しなかった。

「それだとこちらの気がすまないんです。……あの、お食事とかいかがでしょう？　美味《おい》しいフレンチレストランにご案内しますよ」

「あいにくですが、そこまでしていただく理由がありません」

表情も声も「Magnolia」での通常装備のままやんわり言った新名に、彼女は不満げに唇を尖《とが》らせる。

「ただのお礼なんだし、一度くらいいいじゃないですか。それともちょっと他の人と出かけただけで、恋人さんに叱られたりするんですか？」

そこまで踏み込むわけかと眉を上げ、新名はにっこりと笑みを浮かべる。長谷あたりが見たなら即裸足《はだし》で逃げ出す顔だが、新名の「中身」を知らない人間のほとんどが見惚《みと》れてくれるから使いようだ。

「それはないですね。俺が、自分のプライベートを恋人のために使いたいだけですので」

「……え」

「離したくないのは俺の方なんです。なので、申し訳ありませんが」

予想外の返事だったのか、彼女は新名を見たまま絶句した。同じく、耳を澄ませていたらしい周囲が息を飲む気配がする。

限定的な静寂の中、がたんという音が大きく響く。見れば、カウンターの中で洗い物をしていた穂が泡を食ったようにシンクからグラスを拾い上げるところだった。水を流し表面をためつすがめつして、ほっとしたように息を吐く。こちらを向いて、目で謝ってきた。

その顔が、見事に真っ赤に染まっていた。

今すぐ駆け寄りたくなって、必死で自制した。

■

公私の区別はつけて当然だけれど、四角四面に過ぎるのもある意味微妙だ。

「……穂」

「はい？　あ、フロアは全部掃除機終わりましたよ。洗面所とトイレの掃除もさっきすませました、けど」

「穂」

閉店直後からフロアを片づけて駆け回っていた穂が、ようやく足を止めひとつずつ諳《そら》んじるように指折り数えている。それをじっと見つめたまま、思わずため息をこぼしていた。

「あの、マスター？　もしかしてオレ、何か忘れてましたか？　それとも、気づかないところで失敗――」

確かめるように見返す仕草は、穂がここでバイトを始めて以来馴染みのものだ。

自分が何をして何をしなかったかを、一生懸命に思案している顔だ。思い当たればすぐに動くつもりで、真面目に殊勝に指摘を待っている。

つけ込んでいるのを承知で、カウンターに寄りかかって立ったまま指先で手招いた。首を傾《かし》げて近づいてくる穂は見るからに無防備で、そういえば特定の相手の前ではいつもそうだったと今になって気づく。

たとえば、友部と一緒にいる時。そして、新名とふたりで開店準備をしていたり、仕事上がりの食事に出かけたりしている時。

――長谷の前では、ここまで無防備ではなかった。恋人同士だったあの二か月間、嬉しそうな時も苦しげな時ももうワンクッションあった気がする。だからこそ、あの友人は「恋人」だったはずの穂に手を出せなかったのかもしれないとも思った。

「マスター？　えーとあの、例のグラスのことでしたら」

見上げてくる視線の警戒心のなさにどうにも微妙な思いがして、あえて返事はせずに手のひらを差し出した。不思議そうな顔で言葉を止めた穂が素直に手のひらを重ねてくるのを待って、不意打ちで摑《つか》んで腰ごと抱き寄せる。

「えっ、あ、あの、ま、ますたー？　何、……」

「マスターじゃなくて紘彦」

言いながら、腕の中の身体《からだ》を逃がさないよう抱き込んだ。そのあとで、カウンター前に立つのでなくソファを使うんだったと思い至る。

「ほら、言い直し。もう閉店したんだから、ちゃんと名前で呼んで」

「……紘彦、さん？」

驚いたように身動《みじろ》いでいた身体が、ふっとおとなしくなる。腕の中で緩やかに顔を上げた穂とまともに目が合ったと思ったら、真っ赤な顔で俯《うつむ》かれてしまった。

「いい子だ。グラスより手は？　どこか痛めなかったか」

「へーき、です。それよりグラス、確かすごくいいやつでしたよね。落っことしちゃってすみません、その、ちょっとびっくり、して」

新名の肩口に顔を埋《うず》めて、穂がぼそぼそと言う。その声音がいつもとは違って聞こえた。

「うん？　何をびっくりしたんだ」

「お客さん相手だから、わざとあんなふうに言ったっていうのはわかってるんです。でもあの、嘘でもちょっと嬉しすぎて動揺したっていうか」

「あの時のことなら、全部本音だが？」

「……えっ」

　とたんに顔を上げた穂と、再び真正面から目が合う。それでなくとも赤かった顔がさらに赤く、首や耳まで染まっていくのを知って、自分でも思いがけない感情に襲われた。腰に回した腕に力を込めて、新名は穂の頭をきつく抱き込んでしまう。

「あの、紘彦さ……」

「安心した」

　ぽそりと落ちた声を聞いて、それが本音なのだと気がついた。その気持ちが伝わったのだろう、穂は大きく目を瞠《みは》ってまっすぐ新名を見つめている。

「これでも強引に付け込んだ自覚はあるんだ。無理にこっちのペースに巻き込んだしね」

　穂の側からの告白だったとはいえ——気持ちそのものに間違いがなかったとしても、状況的には不本意だったはずなのだ。おまけに過去に長谷とつきあったことはあっても、穂はけして恋愛事に慣れているわけではない。

　新名にしても、あそこまで急いでことに及んだのは初めてなのだ。通じ合ったのは確かなのだから、穂のペースに合わせて進んだ方がいい。そう思いながら、どうしても逃がしたくない気持ちが勝ってしまった。

「つけ込んだって、どのへんが、ですか?」

「説明を訊きたい?」

きょとんと訊いてきた穂は、切り返しとともに顔を寄せただけで赤くなって黙った。物言いたげに上目で見てくるのに気をよくして顎《あご》を捉え、指先で擽《くすぐ》るようにすると頰《ほお》を赤くしたままふんにゃりと笑う。その表情に誘われるように、少し尖った唇にキスを落とした。

「……、――ん、っ」

逃げる素振りもなく、瞼《まぶた》が落とされる。その様子をつぶさに眺めながら、触れあうだけだったキスを唇の間を探るものに変えた。ぴくんと揺れた腰を抱いた腕で軽く引き上げて、腕の中の恋人がしっくりくる位置を探す。

少しでもキスが長くなったり深くなったりすると、穂は指先で新名の腕や肩にしがみついてくる。おそらく意識が持って行かれるせいなのだろうが、ふだん折り目正しく自分からは縋《すが》ってこない穂のそんな仕草にひどく煽《あお》られることは自覚済みだ。なので、長いキスが離れたあと、力が抜けたらしい穂がぐったり寄りかかってくる様子にはとても満足した。

「……あ、の。そのこと、なんですけど……お客さんに、あんなこと言ってよかったんでしょうか。困ったことになったりは」

「恋人の前で、他の女に口説かれて喜ぶ趣味はないな。わざわざ披瀝《ひれき》するつもりはないが、だからといって隠匿する必要もないだろう」

「そ、うなんですか？　でも、エミさんとかリオさんみたいに紘彦さん目当ての常連さんもいるし、内緒にしておいた方がいいんじゃあ」

「それで来なくなる客なら、いずれは離れる。自然体でいいんじゃないか？　そもそもうちはホストクラブじゃないしな」

さらりと返すと、穂は少し考える顔になった。それへ、新名は苦笑混じりに付け加える。

「そう深く考えなくていい。今日のように、オンとオフの区別をつけてくれたら十分だ」

実を言えば、昨日の営業開始時から見事なまでに「前日までと同じ」に戻った穂に少々ひやりとしていたのだ。営業時刻が終わってなお、マスター呼びにバイトそのものの態度だったのだから、正直もう少し甘えてもいいと言いたい気分だった。

もっとも、実際に営業中に甘えて来られたらさぞかし苛立つだろう自分を知ってもいるのだが。

「それはそうと、これから穂の部屋に行ってもいいか？　午後に『はる』に行くなら早めに食べて寝た方がいい」

「もちろんです。あ、じゃあオレが何か作りますっ」

「だったら頼もうか。――それで、『はる』の帰りにそのままうちに来ないか？　今夜は休みだからゆっくりして、明日一緒に仕事に出よう」

先ほどは嬉しそうに笑った穂が、今度の申し出には目を丸くした。

「で、でもそれだと明日までずーっとマスターにくっついてることになります。その、邪魔になったりするんじゃあ」

「紘彦」

「あ」

指摘されて、穂は慌てて唇を押さえる。その指先に音を立ててキスをした。

「言っただろう。一緒にいたいのは俺の方だし、プライベートな時間は穂のためだけに使いたい。——それとも、穂は厭なのか？」

意図的に声を低めて言うと、穂はぽんっと爆発したように全身を赤くした。素直すぎる反応についつい笑いをこぼすと、むうっと唇を尖らせる。

「わざとですか！ そうやってからかうのって趣味悪すぎませんかっ？」

「本音だよ。穂がグラスを落とした時も、本当はすぐ傍《そば》に行きたかった」

意図的に低くした声で赤く染まった耳元に囁《ささや》くと、腕の中の恋人から小さな震えが伝わってきた。ややあってキッと顔を上げ、睨《にら》むように見つめてくる。

「で、すから！ オレそういうの慣れてないって、言っ——」

「十分可愛いから、無理に慣れる必要はないよ。慣れた時は楽しみが増えるだろうしね」

「た、のしみって、ひろひこさん、それどういう……」

「具体的な説明が聞きたい？」

手加減なしの笑みを向けてみたら、穂は新名を見上げたまま固まった。半開きになった唇に誘われてさらに顔を寄せると、ばっと伸びた穂の手に唇を押さえられてしまう。

「せ、つめいは遠慮しますっ、えーと、あのオレ、とりあえず先に着替えてきますから！　午後には『はる』に行くなら早く帰って休まないとですし、じゃあお先ですっ」

え、と思っている間に、穂はもがいて新名の腕から抜け出してしまった。逃げるようにカウンターの中に飛び込むと、じき奥へと見えなくなる。

「……俺もこれから着替えに行くんだが？」

これだから、からかいたくなってしまうのだ。素直で気が利いてしっかりしていて、そのくせ無防備なところがあって妙に抜けてもいる。

当たり前のように寄せられる信頼が擽ったくて、何度でも確かめたくなる――。

笑い混じりにこぼした声は、きっと届いてはいない。代わりに、実力行使で教えてやることにした。

くすくすと笑いながら、新名はカウンターの中に入る。たった今、腕の中から逃げていった恋人を追いかけて、カウンター奥にある控え室のドアへと向かった。

あとがき

おつきあいくださりありがとうございます。前の風邪が完治する寸前に次の風邪に喉をやられ、現在声が別人となっている椎崎です。

今回は、「不器用な策略」「不器用な告白」に出てきたミノルの話になりました。

てっきり小動物系、それもげっ歯類系だとばかり思って「穂」の文字に決めたのに、実は微妙にそっちじゃなかったことに中盤まで書いてから気がつきました。たぶんもっと早くわかっていれば別の漢字に変えただろうな、というのが初稿を仕上げてまず思ったことでした。

ちなみに当初はお相手としてまったく別の新しい人も想定してみたのですが、マスターの名前が何の脈絡もなく浮かんできた時点で半自動的にこうなりました。こちらもフルネームが決まった瞬間にああいう人になってしまったということで、己が文字というか漢字に思い込みというか一方的イメージがあるらしいことを久々に痛感中です。いつか実験的に「この文字は使わない」と思う名前で原稿を書いてみたいと思います……が、おそらく途中で変更するだろうなと確信できるので無駄だろうという気がとてもします。

そしてここは自己申告いたしますが、この本では穂が言うところの「マスターへの恩」がダイジェスト仕様になっております。その場面はすでに穂視点で書いているため本編で繰り返すのはしつこい、だったら番外編でと予定していたらマスターが言うことを聞いてくれず、手を替え品を替え書いた結果が三本分の没と、最終的に収録された番外編という……。

この本単独だけでも内容はわかるはずですが、もしもそのあたりの詳細が気になる方がおいででしたら、「告白」収録の「カフェラテの決心」をごらんいただければと思います。

「不器用～」に続き、挿絵をくださった高星麻子さま。ご多忙のところ諸々のご迷惑とご面倒をおかけしてしまいました。本当に申し訳ありません、そしてありがとうございます。いただいたカバーと挿絵が作業の励みになりました。心より感謝申し上げます。

そして、毎回……何かとご迷惑ばかりおかけしてしまっている担当さまにも、この場を借りてお礼と感謝を申し上げます。次回こそは、という野望だけは抱きつつ。

最後になりましたが、この本を手に取ってくださった皆様に。

ありがとうございました。少しでも楽しんでいただければ幸いです。

椎崎夕

✦初出　無防備なたくらみ………書き下ろし
無防備な誘惑……………書き下ろし

椎崎夕先生、高星麻子先生へのお便り、本作品に関するご意見、ご感想などは
〒151-0051 東京都渋谷区千駄ヶ谷 4-9-7
幻冬舎コミックス　ルチル文庫「無防備なたくらみ」係まで。

幻冬舎ルチル文庫

無防備なたくらみ

2014年7月20日　第1刷発行

✦著者	椎崎 夕　しいざき ゆう
✦発行人	伊藤嘉彦
✦発行元	株式会社 幻冬舎コミックス 〒151-0051 東京都渋谷区千駄ヶ谷 4-9-7 電話 03(5411)6431 [編集]
✦発売元	株式会社 幻冬舎 〒151-0051 東京都渋谷区千駄ヶ谷 4-9-7 電話 03(5411)6222 [営業] 振替 00120-8-767643
✦印刷・製本所	中央精版印刷株式会社

✦検印廃止

ISBN978-4-344-83180-3　C0193　Printed in Japan